Sylvia Filz
Sigrid Konopatzki

Winter Gefühle

Auflage Oktober 2017

Herausgeber: Filz und Konopatzki GbR,
Lommertzweg 15, 41569 Rommerskirchen
Lektorat: Ana El Karal
Umschlaggestaltung: **www.mybookMakeUp.com**
unter Verwendung von Motiven von
© istockphoto © Leoba
Printed by Amazon Distribution GmbH
schreibkatzen@web.de
www.schreibkatzen.jimdo.com

Wir mögen Geschichten, die sich nah
am realen Leben orientieren.
Unsere Romane haben deshalb
als Grundlage immer ein wahres Ereignis,
um das wir die Geschehnisse drum herum erfinden,
genauso wie die Personen.
Es macht uns unbändigen Spaß, den Figuren
eine Existenz mit all ihren Facetten einzuhauchen.
Und wenn das Buch an Seiten zulegt,
wird es spannend, denn jede von uns
entwickelt zu einem dieser fiktiven Menschen
eine besondere Zuneigung ...

Viel Spaß!

Sylvia und Sigrid

♥ 1 ♥

Das war wirklich Winterwetter par excellence! Marie war nicht lange im Supermarkt gewesen, schon war ihr Auto wieder mit reichlich Schnee bedeckt, allerdings der von der nassen Sorte. Man hatte im Radio bereits den ganzen Tag davor gewarnt: Tagsüber starker Schneefall, abends Glätte durch gefährlichen Schneeregen, also gute Voraussetzungen für die Bildung von Blitzeis.

Als sie den Kofferraum öffnete, rieselte Schnee hinein. In aller Eile packte sie ihre Einkäufe ein und schob den Einkaufswagen mit Schwierigkeiten zurück. Die Rollen blockierten im ungewohnten Untergrund. Was für eine Ackerei! Und ihre unpassenden Schuhe taten rutschend ein Übriges. Pumps und Schnee passen einfach nicht zusammen.

Zu allem Überfluss blies ihr noch ein eiskalter, scharfer Wind trudelnde nasse Flocken, die sich wie winzige Nadelstiche anfühlten, ins Gesicht.

Bis Mittag war alles in Ordnung gewesen. Sie hatte in ihrem Antiquitätenlädchen eine kostbare Serie Gläser verkaufen können. Es war Advent, und so hoffte sie weiter auf ein gutes Weihnachtsgeschäft.

Am frühen Nachmittag setzte dickes Schneetreiben ein, die Flocken fielen schwer und fast vorhangartig ohne Unterbrechung. Kein einziger Kunde verirrte sich in ihr Geschäft, sie blieb allein.

So hatte sie Zeit, sich auf ihren Weihnachtsurlaub in der Schweiz mit Freund Gernot zu freuen und sah sich schon auf perfektem Schnee die Hänge hinabwedeln.

Marie steckte den Einkaufwagen in den vorherigen, prompt fiel ihr der Euro in den Schnee. Mit spitzen Fingern hob sie ihn auf. Mensch, es war wirklich eine gefühlt sibirische Kälte durch den scharfen Wind! Auf dem kurzen Rückweg zum Auto bemerkte sie die bereits beginnende Glätte. Sie achtete auf jeden Schritt.

Die dicken Schuhe mit den rutschfesten Sohlen standen wartend im Warmen daheim neben ihrer Wohnungstür. Am Morgen war sie in aller Eile in der Tiefgarage ins Auto gesprungen und hatte sie, trotz vorheriger Radiowarnung, schlichtweg vergessen.

Nur jetzt schnell nach Hause! Sie sah auf ihre Armbanduhr. Gleich acht. Die Verkäuferinnen des Supermarktes waren sicherlich auch froh, wenn der heutige Tag vorbei war.

Vor ihrem Auto klopfte sie sich den Schnee vom Mantel und setzte sich schnell hinein. Schnee wegfegen wollte sie nicht mehr, so schaltete sie ihre Scheibenwischer ein. Nur mühsam verrichteten die ihre ungewohnt harte Arbeit. Die Scheibe war bereits angefroren, so entstanden Schlieren.

Während sie die Heizung samt Lüftung auf maximal hochdrehte, ärgerte sich Marie nochmals über den aufgeblasenen Kerl an der Kasse vor ihr.

Worum es in dem Streit zwischen dem Choleriker und der bewundernswert ruhigen Kassiererin ging, hatte sie nicht mitbekommen, denn als sie ihren vollgepackten Wagen an Kasse 2 schob, war die Diskussion schon in vollem Gange. Geschäftig hatte sie alle Sachen auf das Band gelegt, in der Hoffnung, die Streitfrage würde sich schnell klären. Dem war aber natürlich nicht so.

Der Geschäftsführer war hinzugezogen worden, und der Zorn des Kunden entfachte sich erneut in aller Heftigkeit. Marie hatte mit den Fingern auf das Band getrommelt. Die Kassiererin der Nebenkasse machte ihr Zeichen, zu ihr zu kommen. Aber gefühlt hundert Einkaufsteile wieder einpacken zu müssen, um sie ein weiteres Mal auf ein anderes Band zu legen, das erschien ihr dann doch eine kurze Wartezeit wert.

Sie nahm sich die Freiheit zu fragen, ob man die Diskussion nicht woanders weiterführen könne, da traf sie die ganze Wut dieses miesen Cholerikers.

„Halt du dich mal da raus, du aufgetakelte Vorstadt-Tussi!"

Marie war total perplex gewesen und hätte ihm am liebsten mit dem gerade erstandenen Baguette eins über die eingebildete, rüpelhafte Fratze gezogen. Mit Unterstützung einer weiteren Supermarkt-Angestellten, die hinzugeeilt war, hatte sie dann doch ihre Einkäufe an die Nebenkasse bugsiert.

Was für ein hässlicher Abschluss des Einkaufs.

Das nette Erlebnis vorher war dagegen eine Wohltat. An der Theke mit den Molkereiprodukten standen eine Seniorin und ein kleiner Junge. Der hielt fragend einen Kanten Käse hoch. „Können wir den mitnehmen, Oma?"

Die ältere Dame nickte. Glücklich legte der Junge

den Käse in den Einkaufswagen.

Marie entschied sich für einen Block alten Gouda, der ihr allerdings aus der Hand glitt. Aber ehe sie sich bücken konnte, hatte die Seniorin die Packung aufgehoben und sie ihr mit einem Lächeln gereicht.

Marie hatte sich freundlich bedankt und ihren Einkauf fortgesetzt. Vorher hatte sie kurz in den Einkaufswagen der alten Dame geblickt. Sie sah einige Grundnahrungsmittel und die Angebote, die der Supermarkt in dieser Woche anpries.

Vorsichtig tastete sie sich aus der Parklücke, ohne abzuwarten, bis die Heizung ihr Werk getan hatte. Schnell bremste sie, denn hinter ihrem Auto erschienen dunkle Schatten. Sie sah genauer hin. Es war die alte Dame. Der Schneefall machte den kleinen Jungen neben ihr nahezu unsichtbar.

Die Reifen knirschten im Schnee, als sie den Wagen dann langsam und vorsichtig rückwärts aus der Parkbucht rollen ließ.

Sie erkannte vor ihr Großmutter und Enkel, die Köpfe gesenkt, um dem Schneegestöber zu trotzen. Hatten die beiden kein Auto? Aber die Frage beantwortete sich im gleichen Augenblick, denn sie liefen nur quer über den Parkplatz auf die Bushaltestelle zu.

Und dann passierte es. Die alte Dame rutschte aus und stürzte.

Marie hörte den Jungen hell aufschreien. „Oma!“

Sie stoppte sofort. Hektisch und mit zittrigen Fingern schnallte sie sich ab und stieg aus. Schneeflocken hüllten sie ein, als sie, selbst gefährlich in ihrem unpassenden Schuhwerk rutschend, zu dem Unfallopfer schlitterte.

Die alte Dame lag noch immer auf dem Boden.

Der kleine Junge kniete bereits neben ihr. „Oma! Oma, steh auf! Oma, bitte, komm, ich helfe dir." Er zerrte verzweifelt an ihrer Jacke, sie jedoch schrie vor Schmerz auf.

Marie rutschte weg, konnte sich aber gerade noch abfangen.

Wie aus dem Nichts tauchte hinter ihr ein Mann auf. Gemeinsam mühten sie sich, die alte Dame auf die Beine zu bringen, denn den linken Arm konnten sie nicht anfassen, so schmerzhaft schien es für sie zu sein.

„Ich denke, Sie müssen ins Krankenhaus", meinte der nette Mann. Dann wandte er sich an Marie. „Ehe der Rettungswagen hier ist, ist man im Krankenhaus." Er blickte auf seine Armbanduhr. „Würden Sie die Dame fahren? Ich habe gleich Dienstbeginn."

Marie nickte automatisch. Das war sicherlich die beste Lösung, denn das Hospital lag nur zwei Straßen weiter.

„Nein, nein, ich gehe nach Hause. Ich nehme an, ich habe mich nur geprellt", versuchte die Seniorin die ihr drohende Krankenhausfahrt abzuwiegeln.

„Sie müssen!", beharrte der kräftige Mann. „Da ist etwas nicht in Ordnung." Er behielt für sich, dass er einen Bruch vermutete. „Ich bin übrigens Marvin. Marvin Littmann."

„Ich heiße Emilie Reuffen. Und das ist mein Enkel Finn."

„Hallo Finn." Marvin hielt ihm die Hand zum Einschlagen hin.

Marie fühlte sich nun gezwungen, sich ebenfalls vorzustellen. „Marie Geske."

Dieser Marvin bückte sich und hob den Beutel auf, den die alte Dame bei dem Sturz hatte fallen lassen.

Während der Junge ihre wenigen Einkäufe, die aus der Einkaufstasche in den Schnee gekollert waren, einsammelte, brachte Marie mithilfe des netten Kerls die alte Dame zu ihrem Auto. Schnell schob sie den Sitz nach hinten, dann platzierten sie die Seniorin. Sie hatte schlimme Schmerzen, man sah es ihr an. Anschnallen war unmöglich. Owei, das gab eine Horrorfahrt! Gefährliches Wetter, eine nicht angeschnallte Beifahrerin und ein Kind!

Mittlerweile hatten Autos, die ebenfalls den Parkplatz des Supermarktes verlassen wollten, hinter ihr gehalten. Die Fahrer waren ausgestiegen, teils um zu sehen, was passiert war, teils um möglicherweise noch helfen zu können. Einige Wagen jedoch umfuhren ihr Auto kunstvoll, um mit dem Kopf schüttelnd ihren Unmut kundzutun.

„Proleten!“, schimpfte Marie los.

Aber auch hier war dieser Marvin wieder tatkräftig. Er stellte sich an die Seite und winkte die Autos, die den Parkplatz verlassen wollten, lässig vorbei.

Dann kam er noch einmal an Maries Wagen. Die drei saßen abfahrtbereit darin.

„Fahren Sie vorsichtig“, meinte er und tippte ihr beruhigend auf die Schulter.

Marie sah in dunkelblaue, besorgte Augen. Die sind wunderschön, schoss es ihr durch den Kopf. Aber schon war dieser Augenblick vorbei.

Marie hielt direkt vor der Notaufnahme und brachte Emilie Reuffen hinein. Der besorgte Finn wich nicht von der Seite seiner Großmutter. Es war ein rührendes Bild.

Während man sich drinnen um die Verletzte kümmerte, parkte Marie ihren Wagen, denn allein lassen konnte sie die beiden jetzt nicht, das brachte sie nicht übers Herz. Seufzend warf sie einen Blick auf ihre Armbanduhr. Eigentlich wäre sie nun daheim im Warmen. Sie sah sich in ihrem bequemen Hausanzug mit einem duftenden Weihnachtstee wartend in der Couchecke sitzen, bis sie die gerade erstandene tiefgefrorene Garnelen-Pfanne brutzelnd heiß aus dem Ofen befreien könnte.

Stattdessen stand sie hier in dichtem Schneetreiben mit völlig unpassendem Schuhwerk, ihre Beine waren Eiszapfen, der Schnee schlug ihr auf dem Weg zurück in die Notaufnahme ins Gesicht. Aber dieses Areal hatte bisher nur der Schnee erreicht, die Glätte nicht. Sie dachte an die dicken Schuhe daheim – Murphys Gesetz.

Marie beeilte sich, zurück in die Unfallaufnahme zu kommen.

Soeben wurde die alte Dame in einen der Behandlungsräume geführt. Sie spurtete hinterher. Der Arzt schaute etwas irritiert, aber Frau Reuffen nickte. „Das ist in Ordnung." Somit war es das für ihn ebenfalls.

Nach verschiedenen Untersuchungen kam das niederschmetternde Ergebnis. Die Schulter war gebrochen und musste operativ gerichtet werden. Das Handgelenk war nur verstaucht.

„Es ist zu erheblichen Verschiebungen der Knochenfragmente gekommen, das können wir nur operativ korrigieren", erklärte der Arzt. „Wir müssen Sie hierbehalten."

♥ 2 ♥

Den beiden Frauen stand zeitgleich das Entsetzen ins Gesicht geschrieben.

„Das geht nicht“, protestierte Frau Reuffen, „ich muss mich um meinen Enkelsohn kümmern.“

„Ist das nicht ihre Tochter?“ Der Arzt warf Marie einen fragenden Blick zu.

Bevor Marie antworten konnte, ergriff die Seniorin wieder das Wort. „Sie ist eine gute Freundin, nicht wahr ...“, sie machte eine kleine Pause, erinnerte sich dann jedoch an den Namen „… Marie?“ Ein durchdringendes Augenpaar sah sie an.

Sie verstand die Reaktion von Frau Reuffen nicht, spielte aber automatisch mit. „Oh ja!“

Der Arzt nickte. „Gut, dann veranlasse ich die Aufnahme.“ Er verließ das Krankenzimmer.

Schnell nahm die alte Dame die Hand von Marie.

„Bitte, ich habe Vertrauen zu Ihnen. Bringen Sie meinen Enkelsohn nach Hause, bitte! Es ist nicht weit. Einfach vor dem Haus absetzen. Ich bin morgen wieder daheim. Solche Operationen gehen heutzutage schnell.“

„Aber ich kann doch nicht einfach ...“, Marie war verwirrt.

„Bitte!“ Sie ließ Marie gar nicht ausreden und ihr Blick war herzerweichend.

Schon kam Bewegung ins Zimmer. Ein Rollstuhl

wurde hereingefahren. Eine Krankenschwester und ein Pfleger wollten Frau Reuffen mitnehmen. Die sah Marie bittend an.

„Ich verspreche es.“ Hab ich das jetzt wirklich gesagt, fragte sich Marie.

Kurz darauf stand sie allein mit einem kleinen Jungen in dem Behandlungszimmer. Erfahrungen mit Kindern hatte sie keine. Sie hatte sich vor einigen Jahren für ein Leben ohne Kind entschieden – und auch nie etwas vermisst.

So kam es, dass Marie ziemlich verunsichert mit dem Jungen im Schlepptau das Krankenhaus verließ.

„Tja, Finn, was machen wir denn jetzt?“

„Fahr mich einfach nach Hause.“ Kinder-Kulleraugen blickten sie an. „Echt null problemo. Ich bin schon groß.“

„Wie alt bist du denn?“

„Neun. Aber ich werde bald zehn. Und du?“

Kurz zögerte Marie, gab allerdings doch bereitwillig Auskunft, war schließlich egal. „Neununddreißig“. Gleich würde sie den Jungen irgendwo abliefern, und das war es dann.

„Boah, da bist du ja schon alt! Du siehst gar nicht so aus.“

Marie warf einen schnellen ärgerlichen Blick zu ihm. „Na danke!“ Die Aufsichtsperson in ihr schlug durch. „Ich kann jemanden anrufen, der dich abholt.“

„Ich hab auch ein Handy.“ Er kramte in seiner Tasche und holte stolz ein modernes Smartphone hervor. „Da, guck!“

„Finn, da stimmt doch was nicht. Wo sind denn

deine Eltern? Bist du zu Besuch bei deiner Großmutter?“

Der Kleine blickte zu Boden. „Ich hab keinen Papa, und meine Mama ist tot.“

Vor Schreck blieb Marie stehen. „Tot?“ Ziemlich doof, so unsensibel nachzufragen, dachte sie sich, als das Wort schon raus war.

Finn nickte. „Mama hatte so‘n blöden Krebs, weißt du.“

Marie schluckte. Sie waren an ihrem PKW angekommen.

„Hey, das ist echt ein heißes Gerät!“

Finn betrachtete den schneebedeckten nachtschwarzen SUV. Sofort malte er in den Schnee auf der Motorhaube ein Smiley.

„Du krabbelst schon mal rein, ich mache schnell die Scheiben frei, dann geht es los.“

Marie kratzte in Eile nur so viel, dass sie gefahrlos sofort losfahren konnten. Den Rest sollte die Heizung während der Fahrt übernehmen. Sie fühlte ihre nassen, eisigen Füße. Die Kälte kroch unangenehm in ihr hoch.

Sobald ich daheim bin, werfe ich mich in ein wunderbar heißes Bad, nahm sie sich vor.

„So! Wo geht es denn hin?“, fragte sie, als sie sich ins Auto setzte und die Tür schloss. Finn gab ihr die Adresse. Der Junge hatte ihr ganz klar einen Bären aufgebunden, diese Altersklasse hatte bekanntlich viel Fantasie. Aber das würde sich gleich klären.

Marie fütterte ihr Navi. Zumindest war es nicht sonderlich weit.

Die Straße glitzerte in der Dunkelheit. Es sah schön aus – schön gefährlich. So klemmte Marie konzentriert hinter dem Steuer.

„Kann das Auto nicht schneller fahren?“, fragte Finn völlig unbedarft.

„Es ist glatt!“, antwortete Marie in entrüstetem Tonfall. Das musste er doch auch sehen!

Dann jedoch wurde ihr bewusst, dass sie hier ein Kind neben sich hatte, obwohl sich ausgewachsene Männer manchmal genauso benahmen.
Ihr Freund Gernot zum Beispiel hielt sich nur ungern an Geschwindigkeitsbegrenzungen. Diese Verkehrsmaßnahmen galten für alle, nur nicht für ihn. Entsprechend entrüstet war er, wenn man ihn blitzte. Und erst das Gezeter, traf der Bußgeldbescheid ein!

Früher war das Diskussionsthema mit Konfliktpotenzial zwischen ihnen gewesen, mittlerweile ließen sie seine immer gleichen Beschwerde-Litaneien kalt, sie zuckte nur noch gleichgültig mit den Schultern. Irgendwann regte er sich ab. Und schließlich war es ja auch sein Geld, was er zum Fenster rauswarf.

Das waren die Momente, wo sie seine Art, ständig rechthaberisch auf dem eigenen Standpunkt zu beharren, auch wenn er definitiv im Unrecht war, nicht ausstehen konnte. Dann verspürte sie Dankbarkeit, dass sie – noch – in zwei Wohnungen lebten und sich hauptsächlich nur am Wochenende trafen.

Das sollte sich allerdings im nächsten Jahr ändern. Gernot hatte eine Eigentumswohnung gekauft, die für beide groß genug war. Nach Auszug des Vorbesitzers und Renovierung könnten sie im Frühjahr einziehen.

Einerseits war Marie froh, allein schon wegen ihres gierigen Vermieters. Der hatte ihr nämlich schon wieder eine Mieterhöhung geschickt! Andererseits war sie dankbar, dass es sich noch etwas hinzog. Warum, das konnte sie sich selbst nicht wirklich erklären. Gernot war ein gutaussehender, vermögender Mann, der viele Frauenblicke auf sich zog.

Vielleicht war es auch nur eine Art Torschlusspanik. Sie hatte bisher nie mit jemandem zusammengelebt, konnte ihre Zeit innerhalb der Woche alleine einteilen und verplanen.

Uff, du musst aufpassen, Marie, dass du nicht zu einer eigenbrödlerischen alten Jungfer verkommst, reglementierte sie sich selbst. Es wurde Zeit, dass sie ihr jetziges Leben aufgab.

„Da vorne ist es schon!“ Finn zeigte auf eine der kleineren Jugendstilvillen, die diese Straße prägten, und die im Schneetreiben nur schemenhaft zu erkennen waren.

„Wo kann ich denn hier parken?“ Marie sah hektisch zu den Seiten.

„Wir haben eine Einfahrt, da kannst du reinfahren.“

„Steht da kein anderer Wagen?“

„Nö, Oma hat ja kein Auto mehr.“

„Wie, ihr habt kein Auto?“

„Das ist kaputtgegangen. Das steht jetzt in der Garage. Aber mit dem Bus kommen wir auch überall hin.“ Finn beugte sich nun zur Windschutzscheibe. „Langsam, da, guck, da musst du rein!“

Marie folgte seinem Finger und sah angestrengt nach draußen. Zu ihrer Erleichterung kam sie gut in die Einfahrt.

„Wem gehört denn dieses Haus?“, fragte sie mit

steigendem Interesse.
„Oma natürlich."
Sie stiegen aus und gingen auf die alte Haustür zu. Was Marie dann sah, berührte sie sehr. In einem großen Fenster, das mit Tannenzweigen geschmückt war, saßen zwei Katzenkinder und schauten mit interessierten Augen hinaus. Aber im gleichen Augenblick erschrak sie auch. Das Fenster war gefroren, Eiskristalle hatten es nahezu ganz überzogen. Allerdings brannte im Hintergrund schemenhaft Licht.
„Da sind Minni und Lela!" Finn zeigte auf die beiden Kätzchen. Die zarten Pfötchen kratzten nun aufgeregt an der Scheibe. „Sie warten schon auf uns! Das machen sie oft, wenn Oma und ich weg sind. Wir lassen ihnen immer ein kleines Licht an, damit sie sich nicht allein fühlen."
„Aha."
Finn grub einen Schlüssel aus seiner Jackentasche und öffnete. Marie erwartete ein wärmendes Zuhause, stattdessen schlug ihr Kälte entgegen.
„Mensch, habt ihr es kalt!"
„Wir können nicht alle Räume heizen, das ist zu teuer. Komm mit!"
Tatsächlich war das Wohnzimmer geheizt. Durch eine weitere Tür, die nur einen kleinen Spalt geöffnet war, kamen die beiden Katzenkinder gesprungen, und Finn strich ihnen liebevoll über die Köpfe. „Ich muss ihnen eben was zu essen geben."
Geschäftig lief er hinaus. Marie folgte ihm wie automatisch in die Küche. Auch hier war es unangenehm kühl.
Das gab es doch gar nicht! Lebten Menschen wirklich so? Sie selbst hatte sich noch nie Gedanken

über ihre Heizung gemacht. War es kalt, wurde die Wohnung eben geheizt und fertig.

Finn füllte geschäftig zwei Schälchen, während die Miezen jämmerlich miauten. Es konnte ihnen nicht schnell genug gehen. Kurz danach hörte man genüssliches Schmatzen.

Marie fuhr sich über die Arme. „Wen soll ich denn jetzt anrufen, der dich abholt?“ Die Antwort überraschte sie jedoch nicht mehr.

„Niemand. Ich bleibe hier. Ich bin nicht alleine, Minni und Lela sind ja auch da.“

Marie war sehr bestimmt. „Zeig mir mal das Zimmer deiner Oma.“

Wie sie geahnt hatte: Es hatte frostige Temperaturen.

„Und jetzt deins.“ Sie gingen in einen Raum weiter hinten. Er war angenehm temperiert. Wenigstens das.

„Und wer wohnt oben?“

„Niemand mehr. Da haben Mama und ich gewohnt. Aber jetzt habe ich mein Zimmer hier unten bei Oma.“

Ach du Schreck! Der Junge hatte wohl die Wahrheit gesagt. Und jetzt? Da fielen Marie die Lebensmitteltüten der beiden in ihrem Auto ein.

„Du, ich hole eben die Einkaufstüten, hilfst du mir, alles einzuräumen?“

Sie erhoffte sich so einen weiteren Einblick in das Leben von Großmutter und Enkel.

Finn wartete an der Haustür und nahm eine Tüte entgegen. Während Marie die Einkäufe auf dem Küchentisch auspackte, steckte Finn einige Sachen in den Kühlschrank.

Marie war beruhigt, Essen gab es genug.

„Hast du Hunger?“, fragte sie den Jungen. Der nickte eifrig.

„Magst du Pizza?“ Erneutes Nicken.

„Dann pack jetzt ein paar Sachen. Wir fahren zu mir und bestellen uns ein Riesenteil!“

„Okay, aber nur, wenn Minni und Lela mitdürfen.“

♥ 3 ♥

Während Finn in seinem Zimmer verschwand, um einige Übernachtungssachen zu packen, telefonierte Marie mit Gernot.

„Aber Schatz, das ist jetzt nicht dein Ernst!“, kommentierte Gernot Maries Ankündigung, den Jungen mit zu sich zu nehmen.

„Und ob. Ich habe dir doch gerade groß und breit diese ungewöhnliche Situation erklärt!“

„Was geht dich das Blag an?“

„Sag mal, wie redest du denn? Ich bringe ihn schließlich nicht zu dir, sondern nehme ihn mit zu mir.“ Marie spürte, wie Ärger in ihr hochkroch.

„Na, dann ist es ja gut, dass wir uns heute nicht treffen. Ich hoffe, zum Wochenende hat sich dein selbstloser Samaritereinsatz erledigt.“

„Es geht nur um heute Nacht.“

„Dann ist es mir egal.“

„Wie schön, dass dir meine Erlebnisse egal sind“, schnaubte Marie.

Gernot bemerkte nun, dass er wohl ein bisschen zu weit gegangen war. „Sorry, aber ich finde es halt merkwürdig, was du da machst. Wie sieht denn die rechtliche Sache dazu aus?“

„Ich habe keine Wahl, Gernot! Ich kann ein neunjähriges Kind nicht in einem Haus mit zwei kleinen Katzen allein lassen.“

„Wie, zwei Katzen auch noch? Und was machst du mit denen?“

„Na, ebenfalls mitnehmen. Geht ja nicht anders. Es sind schließlich noch Babys.“

„Das glaube ich jetzt nicht! Weißt du eigentlich, wozu Katzenkinder neigen? Sie kratzen alles kaputt – und das mit unerschöpflicher Energie.“

„Quatsch!“

„Okay, dann sag ich mal bis morgen oder übermorgen. Kannst dich ja melden, wenn du ein Kind, zwei Katzen, und überhaupt die Nacht einigermaßen überlebt hast.“

Es knackte in der Leitung, das Gespräch war beendet. Marie war sauer. Sie hatte einfach Männlicheres von ihm erwartet. Insgeheim hatte sie nämlich gehofft, er würde sagen, er käme zur Unterstützung. Stattdessen hatte er sie cool abserviert und mit ihrem Problem allein gelassen.

Mit gemischten Gefühlen steckte sie gerade das Handy wieder in ihre Handtasche, als Finn zurückkam.

„Ich hole noch den Katzenkorb. Und das Katzenklo muss mit. Und Katzenfutter.“

Geschäftig rannte der kleine Kerl hin und her, dann war alles abreisebereit, nachdem ihm einfiel, er müsse zudem seine Schulsachen mitnehmen.

Klar. Schüler! Marie sah in den kalten Flur hinaus. Es sah aus, als wolle man verreisen. Gott ne, warum passiert das ausgerechnet mir? Ist das rechtlich überhaupt erlaubt? Sollte sie das Jugendamt informieren? Aber jetzt, um mittlerweile zehn Uhr abends? Gernot hatte ihr ein ziemlich schlechtes Gewissen gemacht.

Was tue ich eigentlich hier, fragte sie sich.

Gut. Eine Nacht. Sie hatte eine große Wohnung, ein Gästezimmer und der Kleine hatte schließlich keine Windeln um.

So tröstete sie sich mit dem Gedanken an ihren Winterurlaub in der Schweiz. Am dreiundzwanzigsten ging es los, so wie die vergangenen Jahre auch schon. Und dann war diese Geschichte längst vergessen.

Eine halbe Stunde später waren sie in Maries Wohnung. Wohlige Wärme umfing sie, sie spürte noch einmal ganz intensiv die Kälte, die tief in ihre Knochen eingezogen schien. So setzte sie als erste Tat Teewasser auf, die zweite war die Bestellung der Pizza beim Italiener um die Ecke.

„Welche magst du am liebsten, Finn?“

„Mit Salami.“

„Stell in der Zwischenzeit deine Sachen ins Gästezimmer, das Zimmer hinten links. Die Katzen kannst du ...“ Aber sie konnte den Satz nicht vervollständigen, denn völlig unbekümmert hatte Finn bereits den Katzenkorb geöffnet und die beiden Babys kamen neugierig herausgekrabbelt.

Ich habe keinen katzensicheren Haushalt, dachte Marie noch, da war eine Mieze bereits auf das Sofa gesprungen und kuschelte sich auf ein Kissen, während die andere eiligst im unteren, offenen Fach des Schrankes verschwand.

Egal, erst einmal musste sie ihre Füße warm bekommen. „Ich zieh mich eben um“, sagte sie zu Finn und ergab sich mit mulmigen Gefühl ihrem Schicksal. Aber Entwarnung, die Miezchen lagen noch in genau der gleichen Position wie vorher, als sie zurückkam.

„Welchen Tee möchtest du, Finn? Schwarzer Tee oder Hibiskus, Pfefferminze habe ich und Weihnachtstee."
„Hast du auch Früchtetee?"
Glücklich bejahte Marie. Sie hatte von ihrem Teehändler mehrere Probesorten bekommen. Früchtetee war nicht so wirklich ihr Geschmack, deshalb gab es ihn noch.
Kurz danach klingelte es und die Pizzen wurden gebracht. Marie deckte schnell Teller und Besteck.
„Essen wir die nicht mit der Hand?" Finn sah unglücklich auf das Besteck. „Wenn wir mal Pizza haben, teilt Oma die immer in so Stücke." Er deutete Dreiecke an.
Marie stutzte. Aber warum eigentlich nicht.
„Dann machen wir das jetzt auch so."
Und so futterten sie die Pizza aus der Hand. Marie relaxte immer mehr, während die Mini-Katzen mittlerweile neugierig jede Ecke ihres Wohnzimmers inspizierten. Leider hing eine der beiden dann in ihren Vorhängen. Vor Schreck ließ Marie ihr Pizzastück fallen und hechtete hinzu. Aber der Schaden war schon da. Kleine Löcher waren in dem zarten Stoff entstanden. Wie nun schnell dieses Tier da weg bekommen?
„Finn! Helf doch mal!" Leicht panisch und unsicher, wie man so eine Katze anfasste, stand sie davor.
Finn lachte, kam völlig unaufgeregt hinzu, packte das Baby im Nacken, und es ließ bereitwillig los.
„Kleiner Tipp", meinte Finn neunmalklug, „immer im Nacken greifen! Das kennen sie normalerweise von ihrer Mama und dann sind sie ganz sanft. Weißt du, so trägt sie nämlich die Katzenmami

durch die Gegend."

„Aha."

Marie hatte sich noch nie wirklich mit Katzen beschäftigt. Haustiere waren kein Thema für sie gewesen. Gut, beruhigte sie sich. Wenn man die Falten des Vorhanges geschickt drapierte, würde man die winzigen Löcher nicht sehen, und morgen war das Ganze vorbei.

Finn nahm die kleine Katze mit, die interessiert an der Pizza schnüffelte, sich aber dann doch dafür entschied, ihre Schwester anzugreifen, indem sie auf sie draufsprang. Und schon kullerten die beiden über den Boden. Huch!

„Was tun die denn jetzt? Oh nein!" Marie starrte entsetzt auf das lebendige fauchende Knäuel.

„Guck nicht so", Finn biss herzhaft in seine Pizza, „das machen Katzen immer. Die spielen."

„Ah ja ..." Mit Argusaugen betrachtete Marie die kleinen quirligen Katzenkinder, die – so schnell wie sie sich zofften – wieder ein Herz und eine Seele waren und sich nun intensiv gegenseitig die Köpfchen schleckten.

„Siehste, nichts passiert."

Immer noch schockiert, nickte Marie.

„Du hast alles alte Sachen hier", stellte Finn mit einem Rundumblick fest.

„Ich bin Antiquitätenhändlerin."

„Ah, das kenne ich aus dem Fernsehen. Da gucke ich auch manchmal den Trödeltrupp."

Marie schnappte nach Luft. „Das ist doch kein Trödel!"

Der kleine Finn beachtete ihren beleidigten Einwurf gar nicht, sondern stand auf und lief ans Fenster. „Boah! Morgen haben wir total viel Schnee, da könnte man Schlitten fahren. Oder einen Schneemann bauen."

Morgen bist du woanders, dachte Marie. Aber leise Zweifel schlichen sich ein. Frau Reuffen war frisch operiert. Nun, heutzutage waren viele Operationen minimal-invasiv, hochmoderne Geräte und Computer kamen zum Einsatz, sodass man das Krankenhaus sehr schnell wieder verlassen konnte. Und das würde – durfte – morgen bloß nicht anders sein! Sonst lägen ihre Nerven auf Grundeis. Und Probleme mit Gernot würde das auch bedeuten.

Ein bisschen saßen sie noch gemeinsam, Marie fragte ihn geschickt aus, der Kleine gab bereitwillig Auskunft. Marie wusste nun, dass die beiden nicht auf Rosen gebettet waren, und der Tod von Finns Mutter seine Großmutter an den Rand der Verzweiflung gebracht hatte. Aber sie sorgte liebevoll für ihren Enkel – und sie war auf das Jugendamt nicht gut zu sprechen. Die hätten genervt, so drückte Finn es aus.

Wenn das Jugendamt nun erfuhr, dass Finn hier bei ihr gewesen war? Hatte das Konsequenzen für sie? In was für eine Situation hatte sie sich nur hineinmanövriert?

„So, Finn, nun ist es, glaube ich, auch Zeit, ins Bett zu gehen. Nimmst du die Kätzchen bitte mit in dein Zimmer?"

„Klar!" Der Kleine sammelte die beiden Miezen ein und trug sie ins Gästezimmer.

„Schlaf gut, Finn."

„Du auch, Marie. Sag mal, hast du eigentlich keinen Mann?"

Mensch, was stellte dieser Junge für Fragen?

„Äh, doch ..., aber der wohnt nicht hier."

„Verstehe ich nicht, hier ist es schön."

Marie hatte keine Lust mehr auf weitere Ausführungen. „Das erkläre ich dir ein andermal. Schlaf gut. Vergiss nicht, die Zähne zu putzen!"

„Du auch nicht."

Gedankenvoll saß Marie, nachdem das Licht im Gästezimmer ausgegangen war, in ihrer Couchecke. Sie hatte sich einen Sherry eingegossen. An seinem Stiel hielt sie das exquisite Glas von Saint Louis in den warmen Lichtschein ihrer stilvollen Wohnzimmerleuchte.

Der Sherry schien ihr aus Dankbarkeit für diese erlesene Umhüllung dunkelgoldene Glanzreflexe zu schicken.

Trödel hatte der Junge dazu gesagt? Unglaublich!

Dieses einzige Glas allein war Luxus pur! Es stammte aus dem Jahr 1913, war mundgeblasen und handgeschliffen. Zur Herstellung waren mehrere Glasbläser erforderlich, denn die Arbeit war extrem aufwendig, und die Beherrschung der Technik erforderte Meister des Faches. Sie betrachtete den herrlichen, im Lichtschein glänzenden Goldrand. Er war seinerzeit kunstvoll mit dem Pinsel aufgetragen worden, danach wurde das Glas gebrannt und mit Achatstein poliert. Kein Wunder, dass ein einzelnes Glas mehrere hundert Euro kostete. Und das waren diese Stücke auch Wert. Kostbarkeiten für Liebhaber und Kenner.

Sie selbst besaß zwei der prächtigen Gläser, in ihrem Geschäft stand eine Serie zum Verkauf – oh nein, seit heute nicht mehr! Sie waren an diesem kalten Wintertag verkauft worden.

Marie stand auf und ging zum Fenster, sah hinaus

in die Schneelandschaft. Das weiche gelbe Licht der Straßenleuchten zeigte nunmehr leichten Schneefall. Der Wind hatte sich gelegt, dicke Flocken rieselten langsam zu Boden. Niemand war auf der Straße, alles wirkte ruhig und friedlich.

Sie nahm noch einen Schluck – da klingelte ihr Telefon.

♥ 4 ♥

„Und? Ist der Junge tatsächlich bei dir?“ Gernots Ton war zwar neugierig, aber auch eine Spur unfreundlich und ungeduldig.

„Ist er.“

Die Leitung blieb stumm, so sagte sie: „Ich denke, am Wochenende ist alles erledigt.“

„Das hoffe ich stark. Eigentlich hattest du gesagt, morgen wäre alles vorbei.“

Marie ärgerte sich. Nicht nur, dass Gernot ihre schöne Stimmung zerstört hatte, er stellte auch – typisch – Ansprüche. Er wollte, wie stets, das Wochenende mit ihr nach seinen Regeln verbringen.

„Gernot“, sie holte tief Luft, um ruhig zu bleiben. „Ich kläre das.“

„Okay, dann schlaf jetzt gut.“ Seine Stimme wurde weicher. „Du, ich hab dich lieb.“

Aber Marie war zu verärgert, um seinen Versöhnungsversuch anzunehmen. „Schlaf du auch gut.“

„Hey, ich hab gesagt, ich hab dich lieb.“

„Das habe ich schon gehört. Bis morgen dann.“ Damit war für sie das Gespräch beendet.

Du ärgerst mich heute nicht, dachte sie. Es ist jetzt wie es ist. Sie goss sich noch einen Schluck Sherry ein, genoss ihn und spülte dann das Glas sorgsam aus. Nachdem sie es fast zärtlich abgetrocknet hatte, stellte sie es wieder an den angestammten Vitrinen-

Platz. Nicht auszudenken, wenn da eine Katze dran käme!

Auf Zehenspitzen schlich sie zum Gästezimmer und öffnete die Tür einen Spaltbreit.

Finn schlief, bis zur Nasenspitze zugedeckt, unter der dicken Bettdecke, nur sein blonder Strubbelkopf war noch sichtbar. Sie glitt ins Zimmer und näherte sich dem Bett. Da sah sie, dass die Katzen nicht im Katzenkorb, sondern bei ihm lagen. Eine eingerollt mit auf dem Kopfkissen, die andere am Bettende.

Marie beobachtete den ruhig atmenden Jungen. Wie liebenswert der kleine Kerl aussah, aber auch wie hilflos so ein kleines Menschchen war. Da öffnete die Mieze neben seinem Kopf die Augen, schaute sie prüfend und durchdringend an, drehte sich einmal um die eigene Achse und kuschelte sich, von ihr unbeeindruckt, wieder ins Kissen.

Rückwärts gehend, verließ Marie das Zimmer. Ein Bild fürs Herz ...

Der kommende Morgen begann ungewohnt zeitig für Marie. Sie quälte sich aus dem Bett. Finn musste in die Schule. Gestern Abend hatten sie darüber gesprochen, sie würde ihn fahren.

Sie sah in den Badezimmerspiegel, blickte auf zerzaustes Haar und zerknitterte müde Gesichtszüge. Durchgehenden Schlaf hatte sie nicht gehabt – immer wieder war sie aufgewacht und hatte angestrengt gelauscht. Ein Kind in der Wohnung, das war neu für sie. Wie gerne hätte sie die Sorgen dieser ungewohnten Situation mit Gernot geteilt, aber er hatte sich da ohne zu Zögern rausgezogen. Rückhalt in einer Partnerschaft ist anders.

Der Blick aus dem Fenster zeigte eine dicke

Schneeschicht im Vorgarten und auf dem Bürgersteig. Gott sei Dank musste sie wenigstens nicht Schneeschippen, dafür hatte der Vermieter eigens einen Dienst.

Im Schein der Straßenlaternen sah sie mit Erleichterung das orangefarbene Auto des Räumdienstes. Vorne schieben, hinten streuen. Super! So war ein Kardinalsproblem etwas kleiner. Sie konnte zumindest die großen Straßen gut befahren, und daran lag auch Finns Schule.

Wie gut, dass heute Morgen ihre Angestellte Annike im Laden war. So blieb ihr noch etwas Zeit, im Krankenhaus vorbeizuschauen.

Puh, Kinder wecken war anstrengend! Erst nach der dritten Ermahnung torkelte Finn mit noch geschlossenen Augen aus dem Bett. Die Katzen sprangen gleich mit heraus und flitzten ins Wohnzimmer. Voller Entsetzen hechtete Marie hinterher.

Das erste Mal traute sie sich, eines der Tiere zu greifen, als es begann, auf dem teuren Sofakissen zu treteln. Das Kätzchen protestierte laut maunzend. Was hatte die Kleine für eine süße rosafarbene Zunge, und erst diese winzigen Zähnchen. Niedlich! Noch nie hatte sie ein Tierbaby so nah erlebt. Wie knuffig die Pfötchen waren, und wie kuschelig das Fell sich anfühlte!

Aber der schöne Moment war bereits vorbei, denn sie schrie auf. Eine Katzenkralle hatte sich in ihr Handgelenk gebohrt.

„Aua, du kleines Biest“, schimpfte sie, setzte die kleine wehrhafte Katze schnell ab und lutschte den Blutstropfen weg.

Finn stand lachend in der Tür.

„Ab und zu passiert das“, kommentierte er.

„Warum bist du so gefühllos, das tut schließlich weh!“

„Nur die Harten kommen in den Garten. Stell dich nicht so an! Das ist eine Babykatze, kein Tiger.“

Damit verschwand er im Bad. Kurz danach stand er wieder da.

„Hey! Du passt dich wohl den Tierchen an, wie? Das war doch höchstens eine Katzenwäsche“, bemerkte Marie, die sich mittlerweile in Jeans und Sweatshirt geworfen hatte und eine Tasse Kaffee leerte.

„Was bekommst du denn bei deiner Oma zum Frühstück?“

„Kakao. Und ein Brot mit Käse.“

„Oje, Kakao habe ich nicht, aber Milch.“

„Ist auch okay.“

Während Marie ein Brot richtete, trank Finn einige Schlucke und kümmerte sich dann erst um die Katzen, die schon miauend durch die Küche schlichen.

Marie bewunderte ihn innerlich. Bevor er aß, versorgte er die Miezen. Was für ein Kind! Sie war gar nicht auf die Idee gekommen. Peinlich!

Kurz danach hörte sie ein Kratzen. Sie horchte auf. „Was ist das?“

„Du hast wirklich keine Ahnung, was?“ Finn sah sie mit großen Augen an, sein Käsebrot kauend. „Minni und Lela müssen doch auch mal. Sie sind im Katzenklo.“

Er stand auf, lief in sein Zimmer. Marie schoss hinterher. Was machte er? Natürlich die Katzentoilette sauber.

„Jetzt wird es aber Zeit!“, bemerkte Marie mit einem Blick auf ihre Armbanduhr.

„Bin schon fertig.“ Finn schnappte sich seinen schwarzen Tornister, auf dem vorne dick in weißen Buchstaben Star Wars stand.

Marie zeigte auf die gedruckte weiße Figur darüber. „Was ist das denn für ein Alien?“

Finn erstarrte. „Mann ey, du hast echt keinen Plan, oder?“

Marie schüttelte verlegen den Kopf.

„Das ist einer der Stormtrooper.“

„Und was macht der?“

Finn verdrehte die Augen. „Der gehört zur Elitetruppe der imperialen Armee und kämpft meist mit einem Blastergewehr. Aber das sind natürlich ganz viele Kämpfer. Ich habe übrigens von Oma zum letzten Geburtstag ein Lichtschwert bekommen, so eins, wie Luke Skywalker hat. Damit kann man die Galaxie retten.“

„Ich habe mal einen Ausschnitt gesehen“, verkündete Marie jetzt stolz. „Da gab es auch so Roboter.“

Finn schlug sich an die Stirn. „Roboter! Das sind Droiden! R2D2 zum Beispiel oder C-3PO.“

„Ah, natürlich ... jetzt erinnere ich mich“, log Marie. „So, los, sonst sind wir zu spät und deine Oma schimpft hinterher mit mir.“

„Gehen wir heute Nachmittag zu ihr?“

Da wurde Marie bewusst, dass sie die Lage völlig unterschätzt hatte. Sie wusste gar nicht, was an diesem Tag passierte. Wenn Frau Reuffen entlassen würde, könnte Finn direkt nach Hause, aber wenn nicht?

„Weißt du was, Finn, ich hole dich ab. Wann hast du denn Schluss?“

„Halb eins.“

„Gut, ich bin da.“

„Hey cool, dann brauche ich den Bus nicht.“ Er sah auf ihre Schuhe. „Top! Du hast Moonboots an! Damit legst du dich auch nicht auf Schnauze.“

Marie entgleisten kurz die Gesichtszüge.

Aufgrund des Schnees dauerte der Weg zur Schule zwar etwas länger, war jedoch nahezu problemlos. Alle Autos fuhren vorsichtig, aber der Verkehr staute sich nicht auf. Die Räumfahrzeuge hatten in der Nacht gute Arbeit geleistet. Vor der Schule fand sie direkt einen Parkplatz und stieg mit aus.

„Brauchst du nicht! Bleib im Auto“, meinte Finn.

Marie kommentierte das nicht, sondern zog seinen Tornister vom Rücksitz. „Mensch, ist der schwer!“

Finn kam zu ihr. „Ist eben was für echte Kerle.“

Er schnappte ihn sich und ging strammen Schrittes Richtung Tor. Marie lief hinterher.

„Hey“, drehte sich Finn um. „Du kannst hier nicht mit rein. Das ist echt nur für Schüler.“

Verdattert blieb Marie stehen. „Okay, dann bis heute Mittag.“

In diesem Moment rief eine Mutter hinter ihrer Tochter her: „Jacqueline, du hast dein Pausenbrot vergessen!“

Marie wurde siedend heiß. Der Junge hatte nichts für die Pause dabei! Sie hatte nicht daran gedacht.

„Finn, warte!“ Sie hechtete auf ihn zu. „Gibt es bei euch so was wie eine Kantine?“

„Ja, wir haben eine Schulkantine. Aber ich kaufe da eigentlich nichts, weil Oma ... die gibt mir immer was mit.“

„Ich habe dein Pausenbrot vergessen.“ Marie hatte die Panik in den Augen. „Moment!“ Sie rannte die wenigen Schritte zurück zum Auto auf die Beifahrerseite, holte ihre Handtasche samt Portemonnaie heraus, lief wieder zurück zu Finn und drückte ihm einen 5-Euro-Schein in die Hand.

„Kauf dir was Leckeres!"

„Hey, danke!" Er strahlte. „Dann kann ich mich auch mal in der Schlange anstellen. Endgeil!"

Finn winkte kurz und war verschwunden.

Konnte es sein, dass er seine Schulkameraden beneidete, wenn sie sich etwas kauften?

Marie nahm sich vor, in dem kleinen Café nahe ihres Geschäftes zu frühstücken. Dann würde sie schnell in ihren Laden springen, um Annike zu bitten, den ganzen Tag für sie zu übernehmen. So konnte sie stressfrei ins Krankenhaus fahren, Frau Reuffen hoffentlich nach Hause bringen und danach wieder Finn abholen.

Damit hätte sie alle Pfadfindertaten für diese Woche erledigt, und ihr normales Leben kehrte zurück.

Nur noch eine Straße, dann war sie da. Vor ihr schlug die Ampel auf Rot, sie hielt an und bekam genau in diesem Moment von hinten einen heftigen Stoß, der sie quer über die Kreuzung schob.

♥ 5 ♥

Das durfte doch jetzt nicht wahr sein!

Wie in Trance stieg Marie aus und lief in dem Straßenmatsch aus Schnee und Streugut zum hinteren Teil ihres Wagens, oder zumindest, was davon übrig war. Der heftige Schaden tat ihr körperlich weh, denn das Auto war ihr ganzer Stolz – und erst ein knappes Jahr alt.

Aus dem Wagen, der ihren so knutschte, stürzte panisch eine Frau mittleren Alters. „Oh Gott, nein! Es tut mir so leid! Ich bin einfach weitergerutscht. Wie furchtbar!“ Sie hielt sich die Hände vor den Mund, völlig fassungslos.

Währenddessen umkurvten die ersten Autos die Unfallstelle.

Aufgrund des heftigen Schadens riefen sie die Polizei. Immerhin trudelte diese nach nur zehnminütiger Wartezeit ein. Und Marie erlebte eine Überraschung.

„So sieht man sich wieder ... Marie!“ Sie sah in das lächelnde Gesicht eines Polizisten. Dann erkannte sie ihn an diesen schönen dunkelblauen Augen. Es war der nette Kerl vom Supermarkt-Parkplatz.

Der Schaden wurde aufgenommen. Die Unfallverursacherin nahm alle Schuld auf sich, entschuldigte sich noch einmal und rief ihren Sohn an, der sie abholen sollte. Zwei Abschleppwagen erschienen und luden die Autos auf.

Marie stand unschlüssig am Unfallort. Da kam der Polizist auf sie zu.

„Erinnerst du dich? Ich bin ...“

„Marvin.“ Marie lächelte. „Das habe ich mir merken können.“

Er sah auf ihre Füße. „Hui, der Jahreszeit angepasstes Schuhwerk.“

„Ich bin lernfähig. Aber da du die Polizei bist: Wo kann ich ein Auto mieten?“

„Steig bei uns ein. Wir fahren dich hin.“

„Das mach ich glatt. Ich will nämlich ins Krankenhaus. Zu Frau Reuffen.“

Und dann berichtete sie Marvin. Er war sichtlich betroffen zu hören, wie Großmutter und Enkel lebten.

„Weißt du was“, meinte er, „wir fahren da jetzt zuerst gemeinsam hin. Ich möchte auch wissen, wie es der alten Dame geht. Dienstliche Überprüfung oder polizeiliches Interesse, vielleicht sogar Gefahr in Verzug, sozusagen.“ Er grinste.

„Ich bin in ein paar Minuten wieder hier“, sagte Marvin zu seinem Kollegen, der sich werbewirksam mit dem Streifenwagen vor dem Eingang der Klinik postierte. Schon waren ihnen neugierige Blicke sicher.

Der Kerl sieht klasse aus, empfand Marie, als sie neben ihm herging. Bereits gestern fand sie ihn attraktiv – und das bestätigte sich heute nochmals. Sie wusste natürlich, dass die Uniform noch dazu beitrug. War er verheiratet? Sie schielte auf seine Hände, konnte aber die rechte nicht sehen. So war sie beschäftigt, bis sie in den Aufzug einstiegen. Dort nahm er seine Dienstmütze ab – mit rechts. Der Ringfinger war nackt.

Um die Stille zwischen ihnen zu unterbrechen, sagte sie, als sich die Aufzugtüren bereits wieder öffneten: „Gestern lag sie allein."

Das allerdings war nun nicht mehr so, über Nacht hatte man eine ältere Frau eingeliefert, die glaubte, nach zweiundzwanzig Uhr noch Schnee auf dem Bürgersteig entfernen zu müssen. Sie war unglücklich gestürzt und hatte sich das Bein gebrochen. Das erfuhren sie direkt von der redseligen Dame selbst.

Frau Reuffen hatte die Operation gut hinter sich gebracht, aber Marie erfuhr nun, dass sie noch eine Nacht bleiben müsse.

„Darf ich dich bitten, Marie, Finn so lange bei dir zu behalten?" Sie stutzte einen Augenblick. „Oh ... wir sagen doch weiterhin du?" Als Marie nickte, ergänzte sie: „Ich werde dir das natürlich finanziell vergüten."

Von was, dachte Marie sofort, das müsste sich die alte Dame schließlich vom Munde absparen.

Marie hatte Emilie schon in ihr Herz geschlossen – und den kleinen frechen Finn ebenfalls. So hörte sie sich selber sagen: „Sicher. Gar kein Problem. Das bekomme ich hin."

In ihrem Hirn ratterte es. Sie könnte morgens ins Geschäft, Annike nachmittags. Sie musste dringend mit ihr sprechen. Und sie brauchte unbedingt ein Auto!

Gernot! Sie entschuldigte sich für einen Moment. „Bin gleich wieder da, ich muss kurz ein Telefonat führen."

Am Ende des Flures gab es eine Besucherecke.

Sie lief dorthin, setzte sich, wählte Gernot an und schilderte ihm den Unfall. „Kannst du mir deinen zweiten Wagen leihen?"

Gernot fuhr neben seiner Limousine einen schnittigen Zweisitzer, schon ein älteres Modell, aber er liebte die Wahl zwischen seinen Autos.

Als es am anderen Ende stumm blieb, setzte sie hinzu: „Der hat doch auch Winterreifen. Es ist nur für wenige Tage, bis ich das mit meinem Wagen geklärt beziehungsweise ihn wiederhabe."

„Oh Marie ..."

Sie spürte seine Ablehnung.

„Sei mir nicht böse, aber das möchte ich nicht. Ich weiß, du fährst vorsichtig, doch da draußen sind alles Idioten unterwegs."

„Gernot, bitte, ich habe kaum Zeit, mich darum zu kümmern. Ich bin gerade im Krankenhaus, die alte Dame wird wahrscheinlich erst morgen entlassen und ..."

„Was heißt das? Dieses Kind ist bis dahin bei dir?"

Marie wurde mulmig. Dass dies Gernot gar nicht passte, war klar. „Das ist doch eine Notlage. Die beiden sind allein auf der Welt."

„Bist du Sozialpädagogin oder Street Worker? Informier du lieber mal schön das Jugendamt!" Und dann setzte er lockend und mit weicher Stimme hinzu: „Schade, ich wollte eigentlich heute Abend im PORTOBELLO mit dir essen gehen."

Das PORTOBELLO war Maries favorisierter Italiener. Sie kannten die Inhaber, die hervorragende italienische Küche frisch zubereiteten. Ihr lief das Wasser im Mund zusammen – da wurde ihr bewusst, dass sie noch nicht einmal gefrühstückt hatte.

„Dann nehmen wir den Jungen eben mit.“

„Was hast du auf einmal für verschrobene Ideen, Marie? Ich bin doch nicht das Sozialamt! Kriegst du überhaupt etwas für diese private Kinderbetreuung? Das würde ich in jedem Fall ansprechen.“

Marie schluckte. Gernot war doch sonst nicht so geizig. Aber er kannte ja auch Finn und Emilie nicht persönlich. Dann würde er mit Sicherheit anders denken.

„Marie, wir waren uns einig. Keine Kinder! Unser Leben ist gut so, wie es ist.“

„Jetzt machst du aber ein Fass auf, Gernot! Es geht ausschließlich um eine kurze Überbrückung, nicht um eine Adoption.“

„Dann sehen wir uns morgen. Nimm dir bitte einen Mietwagen. Wenn damit was passiert, ist es egal. Ich melde mich.“ Klick.

Fassungslos und zunehmend wütend ließ Marie ihr Handy sinken. In welcher Phase befand sich Gernot eigentlich? Mit siebenundvierzig konnte er doch unmöglich schon in der männlichen Midlife-Crisis sein!

Sauer und zugleich geknickt schlich sie zurück. Vor dem Zimmer hielt sie kurz an, straffte sich, setzte ein Lächeln auf und betrat den Raum.

Ein munteres Gespräch zwischen Marvin und den beiden älteren Damen war entstanden. Es schien nahezu, als flirteten die Seniorinnen mit ihm.

„Wer hat schon Polizeischutz auf dem Krankenzimmer“, scherzte die Bettnachbarin von Emilie und blinzelte Marvin spitzbübisch an.

Marvin machte eine Verbeugung. „Mit Vergnügen! Leider muss ich Ihnen den Schutz nun entziehen, die bösen Verbrecher dort draußen wollen gefasst werden."

„Wie aufregend", gurrte die Dame und klopfte auf ihr Gipsbein. „Das wäre auch eine Waffe!"

„Wenn sie abnehmbar wäre."

Marie stellte fest, dass die Seniorinnen kichern konnten wie junge Mädchen.

Dann wurde Frau Reuffen ernst. „Marie, könntest du mir ein paar Sachen von daheim besorgen? Ich habe noch nicht mal eine Zahnbürste. Ist zwar nur bis morgen, aber ich fühle mich so nicht gut. Und zu lesen habe ich auch nichts. Auf meinem Nachttisch liegt ein Roman. *Kirschklößchen* heißt er. Da ist vorne ein ganz altes Bild drauf. Das Buch siehst du direkt, wenn du reinkommst."

Marvin gab Marie Stift und Zettel. Sie notierte.

Versehen mit der Beruhigung, dass Finn während ihres Krankenhausaufenthaltes weiterhin gut versorgt war, lehnte sich Frau Reuffen zurück.

„Danke, Marie. Wenn ich wieder zu Hause bin, revanchiere ich mich."

Marie tätschelte ihr beruhigend die Hand. „Alles gut, Emilie, alles gut."

Das war es natürlich nicht, dachte sie an Gernot. Aber der würde sich schon einkriegen. Eigentlich war er immer sperrig, wenn etwas gegen seine Bequemlichkeit ging. Also, so what!

Marvin und sie verließen das Krankenhaus.

„Wenn du noch eine halbe Stunde Zeit hast und mit uns im Polizeiwagen cruisen möchtest, dann kann ich dich danach fahren. Mein Dienstschluss naht."

Dieses Angebot nahm Marie ohne Zögern an.

„Das wäre natürlich super! Aber ich muss noch mit meiner Angestellten telefonieren."

Während sie mit dem Polizeiwagen durch die Straßen patrouillierten, führte sie ein längeres Gespräch mit Annike.

Alle Befürchtungen Maries in dieser Hinsicht zerstreuten sich, als sie Annikes Kommentar zu den Geschehnissen hörte. „Gar kein Problem, Marie! Ich schmeiße den Laden schon. Kümmere du dich erst einmal um dein Auto und die alte Dame, und um den Jungen auch. Und schwupps, ist der Tag vorbei. Ich finde es klasse, was du machst. Ehrlich. Morgen wird die Seniorin entlassen?“

„Mit großer Wahrscheinlichkeit.“

„Das wäre gut, weil ich Samstag zu meinen Eltern fahren möchte.“

„Samstag bin ich wieder da.“

„Ich habe übrigens soeben den alten Sekretär verkauft.“

Marie jubelte los.

Daraufhin drehte sich Marvin zu ihr um. „Im Lotto gewonnen?“

„Nee, einen guten Verkauf getätigt. Ich bin Antiquitätenhändlerin“, und dann erzählte sie den beiden Polizisten enthusiastisch von ihrem Geschäft, das sie mit Leidenschaft betrieb.

Ein wenig später erreichten sie die Polizeiwache und wechselten in den Privatwagen von Marvin.

„Was meinst du, Marie“, sagte er, als er den Zündschlüssel umdrehte, „gehen wir erst eine Kleinigkeit essen?“

♥ 6 ♥

„Lecker! Ich hatte schon lange kein Risotto mehr“, freute sich Marie, als sie mit Appetit die Gabel in den Mund schob.

„Dieses kleine Restaurant ist ein Geheimtipp unserer Wache.“ Marvin schnitt ein Stück seines Schnitzels ab. „Es ist gut, geht schnell hier, und es gibt immer ein preiswertes Tagesgericht. Also genau richtig für alleinstehende, hungrige Polizisten mit Unterbezahlung.“

Ha! Marie freute sich. Alle dringlichen Fragen zu seinem Beziehungsstatus beantwortet. Aber sie vergewisserte sich. „Du bist Single?“

„Nicht wirklich. Erfolgreich geschieden.“

„Hast du Kinder?“

„Nein.“

„Ich auch nicht.“

Nun kam die Gegenfrage von Marvin. „Bist *du* verheiratet?“

„Nein.“ Marie erwähnte Gernot nicht. Eigentlich sollte sie das der Ehrlichkeit halber tun, aber irgendetwas hielt sie zurück.

„Eine Frau wie du?“

„Sag jetzt nicht in meinem Alter!“

Entrüstung spiegelte sich in seinem Gesicht. „Wo denkst du hin? Also ich bin vierundvierzig.“

„Ich werde nächstes Jahr vierzig.“

„Eine magische Marke, glaub mir.“ Lächelnd sah er sie an.

Sie leitete Marvin zum Haus von Frau Reuffen und wies ihn auf das gefrorene Fenster hin. Dieses Mal war es verwaist; kein warmer Lichtschein von hinten, keine goldigen Katzenkinder, die hinausschauten. Es wirkte, trotz des weihnachtlichen Dekors, einsam, traurig und verlassen.

Im Hausflur empfing sie spürbare Kälte. Marie zog automatisch die Schultern zusammen und ging voran.

„Wenn Steine erst einmal kalt sind ...“, meinte Marvin.

Sie betraten die Küche. Marie stellte ihre Handtasche ab. „Dann gehe ich jetzt ins Schlafzimmer und packe Emilies Wunschsachen.“

Marvin nickte. Als Marie verschwunden war, öffnete er als erstes den Kühlschrank und die Küchenschränke. Okay, genug Lebensmittel waren verfügbar. Er hatte schon befürchtet, dass auch hier Bedarf bestehen würde. Das hatte die alte Dame wohl im Griff. Er lief durch die Räumlichkeiten, einige kalt, einige temperiert. Von Wärme direkt konnte man nicht sprechen, aber er war nun beruhigter. Finns Kinderzimmer war wohltemperiert.

Frau Reuffen setzte deutlich Prioritäten, das erkannte er, als er ihr Schlafzimmer betrat, in dem Marie gerade den Reißverschluss einer kleinen, alten Tasche schloss. Hier war es bitterkalt. Dass nicht noch Atemwölkchen erschienen, war ein Wunder.

„Sie tut alles für ihren Enkel, nicht?“ Er sah Marie ernst an.

„Oh ja. Komm, wir gehen hier raus! Sonst ist eine Erkältung vorprogrammiert.“ Und wie zur Bestätigung nieste Marie. Sie drehte sich um, da entdeckte sie das Buch. „Ach herrje, beinahe hätte ich das vergessen. Sie hat so davon geschwärmt.“ Interessiert betrachtete sie das Cover. Dieser antiquierte Look hätte sie auch angesprochen. Schnell packte sie es mit in die Tasche.

„Ich habe mir überlegt“, sagte sie zu Marvin, „ich werde die Heizung überall aufdrehen, so hat sie es warm, wenn sie heimkommt. Die höheren Kosten trage ich.“

Schon gestern hatte Marie daran gedacht, dann die Eingebung jedoch wieder verworfen. Was ging sie das an?

Doch der Gedanke hatte an ihr genagt, sich bei ihr festgefressen. Weihnachtszeit. Die schönste Zeit des Jahres. Sie erinnerte sich an ihre unbeschwerten Kindertage, wenn es draußen kalt und drinnen kuschelig warm war, ihre Oma und Mama Weihnachtsplätzchen gebacken hatten, deren herrlicher Duft durch die Räume zog.

Alle sprachen immer nur von Hilfe und Barmherzigkeit, von Unterstützung der Armen. Nun hatte sie es hautnah hier vor Augen. Gut, arm war vielleicht ein bisschen zu viel gesagt, denn die obere Wohnung ließ sich sicherlich sofort vermieten, und die Not wäre gelindert.

Aber sie bewunderte die alte Emilie auch, die zielsicher mit den wenigen Mitteln das Optimale herausholte. Das sah sie an Finn. Er war ein aufgeweckter Junge, der mit sich und seiner Welt glücklich war.

Hier war zurzeit Hilfe nötig, und ihr tat es nicht ansatzweise weh, von ihrem Geld etwas abzugeben.

„Das ist eine sehr nette Geste", hörte sie Marvin sagen.

Marie wusste nichts zu erwidern. Sie ging an den Regler der Heizung und drehte.

Marvin schüttelte den Kopf. „Lass mal, da sollten wir erst schauen, ob die Dinger entlüftet werden müssen. Das sind noch die alten Modelle, die vor jeder Saison eine Extrabehandlung brauchen."

Kurz danach fand sich Marie mit einem Glas in der Hand wieder und hielt es unter die Entlüftungsventile, die Marvin, nachdem er nach einigem Suchen eine Zange gefunden hatte, aufdrehte. Nach der Prozedur begannen die alten Heizkörper tatsächlich zu arbeiten.

Marie sah auf die Uhr. „Ups, es wird Zeit! Ich muss Finn von der Schule abholen." Sie erschrak. „Oh nein, ich hab ja gar kein Auto!"

„Aber mich." Marvin grinste.

Schnell verstauten sie die Tasche im Kofferraum seines Wagens und schon ging es los.

Finn stand bereits vor der Schule und wartete.

„Mensch", maulte er, „ich hab so angegeben, dass du mich abholst mit einem coolen Auto, und jetzt kommst du mit dieser ollen Kiste."

„Besser als der Bus!", meinte Marie spitz.

Da erkannte Finn Marvin. „Hey! Du hast doch gestern meiner Oma geholfen."

„Genau! Und wenn du jetzt nicht übers Auto meckerst, darfst du demnächst mal mit einem Streifenwagen mitfahren."

„Echt? Bist du Polizist?"

Marvin nickte.
„Hey, voll cool!“
„Find ich auch. Los, rein mit dir, wir wollen zu deiner Oma.“

Finn umarmte seine Großmutter innig. „Tut es weh?“, fragte er sie mit einem mitleidigen Blick.
„Nur ein ganz klitzekleines bisschen.“
„Kommst du gleich mit?“
„Es tut mir leid, Finn, ich muss warten. Ich darf noch nicht nach Hause. Erst morgen.“
Die Enttäuschung war dem Kleinen ins Gesicht geschrieben.
Plötzlich sagte Marvin: „Wie wäre es heute Abend mit einem Burger?“
Die Augen von Finn leuchteten. „Echt?“
„Logo!“
„Du, dann machen wir das jetzt so: Ich bringe Marie erst weg, sie hat was zu erledigen. Du bleibst noch ein bisschen bei deiner Oma. Danach komme ich wieder, hole dich ab und wir zwei gehen Burger essen und Cola tanken.“
Finn stand die Vorfreude ins Gesicht geschrieben.

„Das finde ich klasse von dir, Finn einzuladen. Ich glaube, das ist ein Highlight für ihn.“ Marie und Marvin waren auf dem Weg zum Mietwagenverleih.
„Hoffen wir, dass das Wetter hält.“ Er sah zweifelnd durch die Windschutzscheibe hinaus. „Der nächste Schnee kommt bestimmt.“
„Kannst du mir Finn später bringen?“
Sie tauschten Telefonnummern und Adressen aus und dann versuchte Marie ihr Glück bei der Autovermietung.

Mit einem Wagen der höheren Preisklasse verließ sie wenig später das Gelände. War vielleicht auch besser so, dass Gernot ihr sein Auto nicht leihen wollte. So brauchte sie ihm wenigstens nicht dankbar sein, aber ärgern tat sie sein Verhalten dennoch. In Bezug auf das Zusammenziehen und eine Hochzeit war das sicherlich nicht das richtige Signal seinerseits. Sie jedenfalls hätte ihm ein zweites Auto ohne Zögern sofort überlassen. Marie nieste. Alles irgendwie anstrengend. Ihr Hals begann zu schmerzen.

Marvin hatte recht gehabt mit seiner Vermutung nach erneutem Schnee. Schon trudelten die ersten vereinzelten dicken Flocken zur Erde. Als sie daheim ankam, war der Schneefall bereits dichter.

Oh Mist! Kakao! Den wollte sie doch für Finn für den kommenden Morgen haben! Also nochmals ausparken und zum nahegelegenen Supermarkt. Der Hunger übermannte sie, als sie im Backshop frisches Baguette entdeckte. Vor ihrem geistigen Auge erschien es bereits angerichtet mit Lachs und einem Stengelchen Dill. Entsprechend kaufte sie nun ein.

Daheim schaute sie zuerst nach den beiden Katzen. Die saßen schon wartend hinter der Tür des Gästezimmers. Es roch. Klar – das Katzenklöchen war den ganzen Tag nicht gereinigt worden.

Wie gut, dass sie Finn zugeschaut hatte. Deshalb wusste sie nun, was zu tun war. Also Priorität: Klöchen reinigen ... uaaah ... danach Katzen füttern. Sie öffnete eine Dose. Währenddessen liefen beide Miezen aufgeregt miauend um ihre Beine. Die Forschere von ihnen klammerte sich an ihre Jeans.

„Au!“, rief Marie. Die winzigen Krallen waren spitz und drangen sogar durch das dickere Gewebe.

Dann endlich stellte sie die kleinen Näpfchen auf den Boden und Minni und Lela stürzten sich darauf.

Nunmehr etwas ruhiger geworden, beobachtete sie die beiden. Zuckersüße Kätzchen! Sie strich ihnen leicht über das Fell, was eine Mieze beim Futtern gar nicht störte, die andere jedoch fauchte sie an. Erschreckt zog sie ihre Hand weg.

Als die Schälchen restlos geleert waren, versuchte sie, die zwei zurück ins Gästezimmer zu bugsieren. Das jedoch war vergeblich. Eine flüchtete vor ihr unter die Couch, die andere schlug derartige Haken, dass Marie nicht folgen konnte. Mit einem Blick durch das Wohnzimmer versicherte sie sich, dass keine ihrer Kostbarkeiten in Katzen-ungünstiger Nähe stand, ließ sich ein Bad ein und versank seufzend im heißen, duftenden Wasser. Wie gut das tat! Sie streckte die Beine aus und lehnte den Kopf zurück, die Augen dabei schließend.

Da war es wieder, das Kratzen im Hals. Sicherlich hatte sie sich etwas eingefangen gestern, als sie mit Eisklumpen-Füßen nach Hause gekommen war. Augenblicklich konnte sie eine Erkältung gar nicht gebrauchen, das Weihnachtsgeschäft war das Wichtigste des Jahres!

Und danach gab es endlich Erholung. Seit vielen Jahren fuhr sie am Tag vor Heiligabend in die Schweiz zum Skifahren. Erst Anfang Januar kehrte sie zurück. In einem Luxushotel ließ sie sich verwöhnen – kulinarisch mit den Köstlichkeiten eines Sternekochs, körperlich mit Massagen und Kosmetikbehandlungen.

Außerdem fuhr sie für ihr Leben gerne Ski. Schon als Kind war sie mit ihren Eltern in den Winterurlaub gereist. Heutzutage blieben ihre Eltern aus gesundheitlichen Gründen daheim.

Beim ersten Mal Weihnachten seinerzeit ohne ihre Eltern rumorte schon ein bisschen das schlechte Gewissen in ihr. Aber Gernot wischte ihre Bedenken an die Seite. So sei es eben, Generationenwechsel sozusagen.

Dabei hatten ihn ihre Eltern das erste Mal, als er vor sieben Jahren in ihr angestammtes Luxushotel mitfuhr, sogar eingeladen. Nun blieben Buchung und Kosten jedes Mal bei Marie hängen, aber das war in Ordnung, dafür zahlte er des Öfteren in Restaurants.

Ihre Eltern hatten zu Beginn bedauert, dass sie nicht daheim mit ihnen das Weihnachtsfest feiern wollten. Aber Gernot hatte sich durchgesetzt. „Marie, mein Schatz, auch du brauchst eine Auszeit, so viel, wie du arbeitest. Und du liebst das Skifahren doch! Wann hättest du denn sonst Zeit?“

„Nach Weihnachten verreisen würde doch auch reichen.“

„Dann wäre die Zeit aber ziemlich knapp.“

Meist brachte sie ihren Eltern ein kleines Weihnachtsgeschenk nachträglich aus dem Urlaub mit, eine besondere Sorte Käse oder auch eine Engadiner Nusstorte.

Das Bad tat gut, machte aber ebenfalls müde. So krabbelte sie wieder heraus, zog ihr bequemes, langes Hauskleid über und freute sich nun auf ihr Abendessen.

Sich mit Lachsschnittchen vor den Fernseher zu setzen, war allerdings keine gute Idee. Vier hungrige Augen sahen ihr zu und kamen Millimeter für Millimeter näher. So teilte sie gezwungenermaßen ihren Lachs, aber stellte auch fest, dass es ihr nichts ausmachte. Sie beobachtete fasziniert diese kleinen Tierchen, wie sie den Lachs schnappten. Niemals hätte sie gedacht, dass Katzen derart niedlich sein könnten.

Kinder und Katzen – kein Thema für sie. Jedenfalls bisher. Morgen war alles vorbei, das Leben bekam wieder seine normale Richtung. Und das war gut, sie war schließlich Geschäftsfrau durch und durch!

Aber eine Katze, die könnte sie doch auch ... vielleicht ..., was Gernot wohl dazu sagen würde?

Der Lachs war verspeist, eine der Miezis – sie glaubte, es sei Minni – kam nun auf ihren Schoß geklettert und rollte sich dort zusammen, schloss die Augen und begann leise zu schnurren. Das war hochgradig Zuckeralarm! Sie saß nahezu unbeweglich, die Kleine über das weiche Fellchen streichelnd, bis es klingelte. Schweren Herzens nahm sie das kleine Bündel hoch und legte es liebevoll auf ein Sofakissen.

Sie hatte die Tür noch nicht vollständig geöffnet, da quetschte sich Finn schon an ihr vorbei.

„Ich hatte einen Riesenburger mit Pommes und Cola und hinterher einen Donut! Krass!“ Das Glück strahlte ihm aus den Augen.

Marvin stand ein wenig verlegen vor der Tür. Er hatte Schneeflocken in den Haaren. Irgendwie wirkte er in diesem Augenblick wie ein großer Junge.

„Magst du reinkommen?“, fragte Marie höflich.

♥ 7 ♥

„Für einen kleinen Moment gern."

„Wie wäre es mit einem heißen Tee?" Marie ging vor ins Wohnzimmer.

„Perfekt!"

„Dann nimm Platz, ich brühe ihn eben auf. Hast du einen besonderen Wunsch, Schwarztee, Pfefferminz, Holunder, Ingwer, Lindenblüten, Kräuter? Oder lieber einen Weihnachtstee mit Zimt?"

„Wenn ich schon gefragt werde, dann gerne Zimt. Ich liebe den Duft. Das erinnert mich an meine Kindheit und meine Oma, an Weihnachtsplätzchen und Weihnachtsstimmung, an Gemütlichkeit und Familie."

Marvin blieb nicht im Wohnzimmer, sondern ging hinter Marie her.

Finn kam mit den Katzen in die Küche getobt. „Magst du einen Kakao?" Marie sah den Kleinen an. Rote Wangen hatte er. War das die Aufregung wegen des Burgers oder die Toberei mit den Tierchen?

„Nee, hab einen Colabauch."

Währenddessen hob Marvin ein Katzenkind hoch. „Wie süß ist die denn?"

Schon plapperte Finn drauf los. „Weißt du, die hat Oma beim Sperrmüll an der Straße gefunden. Ein Karton hat sich bewegt, da hat sie reingeguckt."

Marie stockte in der Bewegung und stellte fest: „Und da hat sie die beiden mitgebracht und nicht im Tierheim abgegeben?“

Finn nickte. „Bei uns haben sie es sowieso viel besser als im Tierheim.“ Er nahm die zweite Katze hoch und schmuste mit ihr. Genüssliches Miauen bestätigte seine Aussage.

Marie überflutete das schlechte Gewissen. Sie hatte Frau Reuffen vor Kurzem noch innerlich Unvernunft unterstellt. Kaum selbst Geld, aber Tiere anschaffen! Tatsächlich hatte sie ein Herz aus Gold.

Finn setzte die Katze ab und war auf dem Weg ins Wohnzimmer.

„Tust du mir einen Gefallen, Finn?“, bat Marie. „Du kannst überall mit den Kätzchen spielen, nur bitte im Wohnzimmer nicht.“

„Bei uns daheim darf ich das“, maulte er.

„Toben nicht im Wohnzimmer!“ Da war Marie streng. „Dort stehen zu viele Dinge, die kaputt gehen können.“

„Okay.“ Finn schob schmollend ab in sein provisorisches Zimmer.

Marvin lachte und scherzte: „Strenge Mama.“

Da sagte Marie, fast mehr zu sich selbst: „Ich war nie eine Mama – und nun ist es zu spät.“

„Das lässt sich doch ändern!“

„Nein. Ich werde im Februar vierzig. Und ich habe mich vor langer Zeit gegen Kinder entschieden und für die Karriere.“

„Antiquitäten, das ist ein spannendes Feld.“ Damit verließ Marvin geschickt das private Thema.

„Und wie!“ Maries Augen leuchteten auf. „Ich habe das Geschäft von der Pike auf gelernt. Mein Vater ist – war, er ist jetzt im Ruhestand – Antiquitätenhändler. So habe ich dieses Metier bereits mit der Kindheit aufgesogen. Man lernt auch nie aus, bildet sich immer weiter. Ich finde meine Arbeit grandios."

„Antiquitäten mag ich sehr. Der modische Kram ist zwar durchaus schön, hat aber wenig Atmosphäre. Alte Dinge atmen manchmal so etwas wie ihre Geschichte, und einen Hauch kann man bisweilen davon aufschnappen."

Marie war sichtlich perplex.

Marvin sah sie fragend an. „War das jetzt doof, was ich gesagt habe?"

„Nein, überhaupt nicht. Ich empfinde das haargenau so. Ich bin nur überrascht, weil ... weil ..."

„Weil ich Polizist bin, täglich den rauen, meist unangenehmen Teil des Lebens um mich habe und deshalb wenig Gefühl und Sinn für Kostbarkeiten besitze?", ergänzte Marvin Maries angefangenen, gestotterten Satz.

„Also nein ..., ach Mensch, ehrlich? Ja, das habe ich gerade gedacht. Entschuldige bitte. Manchmal ist man so eingefahren in seiner Denkweise." Eine unangenehme Wärme schoss in Maries Gesicht. Sie wusste, sie war nun rot geworden. Schnell widmete sie sich wieder dem Tee und begab sich auf das Gebiet, wo sie absolut sicher war.

„Wenn dir Altes so gefällt, darf ich dir den Tee in einem altenglischen Service aus dem Jahre 1907 servieren?"

„Ich fühle mich geehrt."

Ein anregender Zimtduft durchzog das Wohnzimmer, sie saßen sich gegenüber. Marie gefiel, was sie sah. Er war groß und kräftig, die Jeans und das

Sweatshirt standen ihm gut, er wirkte sehr männlich, wie auch in der Uniform schon. Ein attraktiver Mann, allerdings hatte sie das erst auf den zweiten Blick erkannt. Und sie stellte noch etwas fest. Sie fühlte sich in seiner Gegenwart wohl.

Marvin nahm einen Schluck und begann zu erzählen.

„Ich habe mich übrigens damals in meiner Ehe auch gegen Kinder entschieden. Wir wollten etwas erleben, keine Rücksichten nehmen, keine Verpflichtungen haben. Jetzt bereue ich diese Entscheidung. Heute wurde es mir ganz besonders bewusst, als ich mit Finn unterwegs war."

„Wie meinst du das?"

„Das wahre Leben und der Sinn ist die Familie. Kinder bereichern das eigene Leben, sie behindern es nicht. Tja, ich fürchte, ich habe diese Stunde viel mehr genossen als Finn."

„Er war so glücklich, als er gerade kam. Wahrscheinlich kann er nicht oft einen Burger essen gehen, wie andere Kinder."

„Das ist wohl recht selten, hat er mir gesagt."

Marie berichtete ihm von Emilie Reuffen. „Sie hat mir erzählt, sie habe nur die Witwenrente. Gefühlsmäßig ist sie wohl nicht in der Lage, die Wohnung im Haus zu vermieten, in der ihre Tochter gelebt hat. Finn hat mir die Räumlichkeiten gezeigt. Echt schön geschnitten, auch groß, aber durchaus renovierungsbedürftig, jedenfalls das Bad vorrangig. An einem alten Haus ist eben immer was zu tun. Doch da beißt sich die Katze wieder in den Schwanz, das Geld fehlt einfach."

„Diese Kästen mit ihren hohen Decken sind zwar richtig schön, aber vom Unterhalt auch sehr teuer.

Sie könnte das Haus verkaufen, dann …“

Marie fiel ihm ins Wort. „Das kommt für Emilie nicht in Frage. Sie hängt daran, war ihr ganzes Leben lang mit ihrem Mann hier glücklich. Außerdem hat es schon ihren Eltern gehört.“

„Stellt sich die Frage, ob wir da helfen können.“

Dieser Satz waberte noch durch den Raum, als Marvin längst gegangen war und ließ Marie nicht mehr los.

An der Tür hatte er kurz gezögert, so als wolle er sie nach einem Wiedersehen fragen. Aber dann war er doch einfach gegangen. War das jetzt gut so?

Nachdenklich goss sich Marie die letzte Tasse Tee ein. Sie nieste erneut und spürte dieses lästige Kratzen im Hals ... wie überaus unerfreulich!

Der folgende Morgen begann wie der vorherige: hektisch. Finn wollte kaum aus dem Bett.

Sie selbst fütterte die Katzen und sorgte für das Katzenklo, denn sonst wären sie zu spät gewesen. Aber dieser Trubel am Morgen – das war nichts für sie, war sie doch morgens Langsamkeit und Ruhe gewohnt – dies hier war purer Stress. Und sie fühlte sich schlapp.

„Hey, du kannst das schon richtig gut!“, war Finns lobender Kommentar zu ihren betriebsamen morgendlichen Aktivitäten gewesen.

„Beeil dich, Finn! Du kommst sonst zu spät!“

„Null problemo, mach nicht so einen Stress, du musst eben nur ein bisschen schneller fahren!“

Plopp, da hatte sie ihr Fett weg!

Sie fuhr ihn in die Schule, nahezu auf die letzte Minute.

Zwei Dinge waren jedoch anders. Sie hatte an diesem Morgen Kakao für ihn gekocht, und ein Pausenbrot mit einer dicken Käsescheibe steckte ebenfalls in seinem Tornister.

Da ihr selbst keine Zeit geblieben war, um etwas zu essen, fuhr sie in ihr Lieblings-Café und gönnte sich ein sogenanntes Fitness-Frühstück mit Bagel und Frischkäse, Ei, Joghurt, Obst und Orangensaft. Es waren die ersten ruhigen Minuten an diesem noch jungen Wintertag.

Trotz dieser ungewohnten morgendlichen Hektik stellte sie fest, dass sie stolz auf sich war. Aus den Fehlern von gestern gelernt und sie abgestellt. Wenn das kein Erfolg war! Innerlich musste sie über sich selbst schmunzeln.

Sie fuhr in die Klinik, um Emilie abzuholen.

Gemeinsam warteten sie auf die Visite und waren beide danach niedergeschmettert. Es würde lange dauern, bis die Schulter wieder voll einsatzfähig war. Emilie musste in Zukunft zur Bewegungstherapie, der Arzt rechnete mit einer Genesungsdauer von insgesamt gut vier Monaten.

„Naja, das Handgelenk ist da deutlich schneller dran in punkto Genesung. Wenigstens etwas.“ Emilie kämpfte mit den Tränen, wohlwissend, dass sie sich nicht so um Finn kümmern könnte, wie es richtig wäre. Sie sagte es nicht laut, aber Marie spürte es.

Eigenartig, dachte Marie, wie viel Zuneigung ich für diese alte Frau empfinde, die ich kaum kenne.

Beherzt legte sie Emilie ihre warme Jacke über die Schultern, drehte ihr den Schal um den Kopf und verließ langsam mit ihr das Krankenhaus.

„Warte bitte hier“, sagte sie besorgt zu ihr. „Ich

fahre den Wagen vor.“

Nicht auszudenken, wenn die alte Lady noch einmal stürzte!

Emilie schaute schon irritiert auf ihr Erdgeschoss-Fenster. Marie war gespannt. Gleich würde sie die Wärme in der kompletten Etage bemerken.

Wie wird sie reagieren? Wie brachte sie einer stolzen Großmutter und gestandenen Frau bei, dass sie ihr finanziell mit den Heizkosten unter die Arme griff, ohne dass sie sich schämen musste?

Marie konnte nicht verhindern, dass ihr Herz schneller schlug.

♥ 8 ♥

Eine behagliche Wärme strömte ihnen entgegen, als sie das Haus betraten. Man sah Frau Reuffen die Irritation an.

„Liebe Emilie“, begann Marie, „bitte nicht wundern, aber ich habe die Heizung aufgedreht.“ Sie berichtete der alten Dame von ihrem ersten Besuch in der Wohnung und richtete den Focus geschickt auf die Kätzchen. „Es ist sicherlich nicht gut, wenn die Katzenkinder mal ins Warme, mal ins Kalte kommen.“

Emilie sah sie erstaunt an. Das schien sie nicht bedacht zu haben. Sie nahm ihre Jacke ab und legte sie vorsichtig über einen Stuhl im Wohnzimmer.

„Mein Kind“, begann sie, „das hat natürlich einen Grund. Du weißt, dass Finn und ich nicht auf Rosen gebettet sind, und da muss man Abstriche machen. Die Räumlichkeiten, die nicht benötigt werden, können deshalb kalt bleiben. Das schadet niemandem.“

Marie nahm die gesunde Hand von Emilie in ihre. „Dein Schlafzimmer war auch eisig.“

„Ich bin alt, da ist kalt schlafen nicht verkehrt. Das konserviert eher.“

„Aber nicht in einer Kälte wie im Gefrierfach des Kühlschrankes.“

Emilie blickte verlegen zu Boden.

„Außerdem wünscht sich Finn zu Weihnachten einen Anorak. Es muss eine bestimmte Marke sein – ich will ihm diesen Wunsch erfüllen."

Aha, dachte Marie, daher weht der Wind. Der Junge soll nicht zurückstehen. Wahrscheinlich gibt es in der Schule auch einen gewissen Zwang bezüglich Marken. Das fing schon bei den Kleinen an, so jedenfalls hatte sie es irgendwann in einem Fernsehbericht gesehen.

„Damit wir jetzt Klartext reden", sagte Marie entschlossen, „ich komme für die erhöhten Heizkosten auf."

„Um Gottes willen! Da muss ich durch. Und wenn das Bad oben in der Wohnung renoviert ist, wird sie vermietet, dann sieht die Welt schon wieder anders aus."

„Und wovon willst du es renovieren?" Das rutschte Marie einfach so raus, und prompt sah sie die Verlegenheit von Emilie.

„Ich möchte nicht, dass du dir Gedanken wegen ein bisschen Wärme machst. Ich verdiene gut und ich bezahle die Heizkosten in dieser Winterperiode für euch. Nimm es als ein Adventsgeschenk."

„Aber ..."

„Psst! Kein Aber! Ich würde jetzt gerne nach Hause fahren und die Katzen holen, damit sie hier sind, wenn Finn aus der Schule kommt."

„Da wird er sich sehr freuen."

„Dir geht es soweit gut, dass ich dich alleine lassen kann?"

„Aber natürlich. Ich werde mich so lange auf dem Sofa ausruhen, bis du wieder hier bist."

Marie hustete.

„Du hast dich erkältet! Wenn du wiederkommst,

gibt es einen Tee mit Honig und Ingwer für dich."
„Super, darauf freue ich mich."

Unterwegs erhielt sie einen Anruf von Gernot.
„Wie sieht es aus mit heute Abend?", eröffnete er gleich das Gespräch.
„Gut."
„Aha! Du bist deine adventliche Gefühlsduselei also los?"
„Fast. Ich bringe nur noch einiges weg." Sie erwähnte die Katzen extra nicht. Einen blöden Kommentar wollte sie sich ersparen.
„Okay, dann sehen wir uns gleich. In einer Stunde bin ich da."
Typisch Gernot. Er drängte ihr seinen Zeitplan auf.
„Du, mir ist aber erst gegen sieben recht."
Sie bemerkte mit Genugtuung, dass er irritiert war.
„Warum?"
„Ich war nicht im Geschäft. Ich muss mich dort erst einmal kümmern. Außerdem, du weißt ja, das Weihnachtsgeschäft, da will ich keinen Euro durch Unachtsamkeit liegenlassen."
Das verstand Gernot natürlich.

Zu Hause angekommen, bugsierte sie nach der Reinigung das sperrige Katzenklo ins Auto. Die drei übrig gebliebenen Futterdosen warf sie kurzentschlossen in ihre Handtasche.
Sie führte noch ein Telefonat mit Annike und bestätigte ihr, dass sie in Kürze vorbeikäme.
Minni und Lela brauchte sie nicht suchen, sie hatten es sich auf Finns Bett bequem gemacht. Ver-

schlafen und mit nur wenig Protest schob sie die beiden in den Katzenkorb und machte sich danach erneut auf den Weg zu Emilie.

In der Zwischenzeit war Finn aber schon aus der Schule gekommen und wartete sehnsüchtig auf seine beiden Lieblinge.

Emilie stand am Herd und rührte mit dem gesunden Arm in einem Topf.

„Was machst du denn da?“ Eigentlich erübrigte sich die Frage, denn Marie sah eine geöffnete Dose auf der Ablage stehen.

„Finn braucht etwas Warmes. Heute gibt es allerdings nur eine Dosensuppe.“

Marie wurde erneut ihr Defizit bewusst. Sie hatte nicht berücksichtigt, dass ein hungriger Schüler anwesend sein würde. Und auch Emilie hatte sicherlich Hunger! Die beiden brauchten für die nächsten Tage nun Dinge, die leicht zuzubereiten waren. Sie traf eine Entscheidung.

„Ich fahre eben für euch einkaufen, damit ihr ein bisschen Vorrat im Haus habt. Und danach freue ich mich auf deinen Tee mit Honig.“

Der Widerspruch von Emilie kam natürlich, aber sie ging gar nicht darauf ein, schnappte ihre Handtasche, warf ihre Winterjacke über und war schon fast wieder an der Tür, als ihr einfiel: „Sag mal, hast du einen größeren Korb oder eine Tasche, wo ich die Sachen reinpacken kann?“

Finn hatte das mitbekommen und brachte ihr einen großen Flechtkorb.

Der Weg zum Supermarkt war von Emilie aus mit dem Auto nur ein Katzensprung. Erinnerungen kamen an der Käsetheke hoch, wo sie Emilie und Finn das erste Mal wahrgenommen hatte, und an der Kasse ebenfalls. Der cholerische Typ war ihr noch sehr präsent.

Bei der Gelegenheit kaufte sie auch ein paar Kleinigkeiten für sich selbst. Wenn Gernot kam, würde es eben einen gemütlichen Abend daheim geben. Bei dem Wetter ausgehen? Musste nicht sein.

Außerdem fand sie die Woche anstrengend genug. Relaxen war jetzt angesagt.

Als sie ihre Einkäufe im Auto verstaut hatte, entschied sie sich, zuerst einen Abstecher in ihren Laden zu machen.

Marie betrat ihr eigenes Geschäft MARIES ALTE SCHÄTZCHEN und sie überkam sofort ein Glücksgefühl. Der besondere Duft, diese heimelige Atmosphäre. Schön!

Annike freute sich. „Hey, Überraschungsbesuch!“, scherzte sie.

„Wie sieht es aus?“ Marie war neugierig. Hatten sie guten Umsatz in ihrer Abwesenheitszeit generiert?

„Prima war es! Ich bin total stolz auf mich. Das Ölbild mit dem Dreimastsegler ist verkauft, genauso wie die Kristallkaraffe mit den Gläsern.“

„Wunderbar!“ Marie stand die Freude ins Gesicht geschrieben. Die Karaffe besaß nämlich leider nur drei Gläser. Ein Viertes war nicht mehr verkäuflich gewesen, da angeschlagen. Sie fand dieses Ensemble sehr hübsch, aber die begrenzte Anzahl an Gläsern hatte, wie seinerzeit schon befürchtet, viele Kunden vom Kauf abgehalten. Und so gehörte dies zu den Konvoluten, die am längsten bei ihr ausharren mussten, bevor sie einen neuen Besitzer fanden.

Dann entdeckte sie an dem kleinen Mahagoni-Schrank ein Schild. VERKAUFT.

„Nein!“, brach es aus ihr heraus. „Das Schränkchen auch?“

Annike nickte stolz. „Er wird morgen abgeholt. Übrigens, die hübsche Leuchte daneben, die so ein schönes warmes Licht gibt, habe ich gleich mit vertickt.“

Marie grinste zufrieden. „Du willst eine Sonderprovision zu Weihnachten, wie?“

„Ich würde sie zumindest nicht ablehnen.“

Ein Kunde betrat den Laden. Annike schmunzelte innerlich, denn die Chefin, obwohl eigentlich heute nicht im Einsatz, bediente. Okay, sie kann nicht anders, dachte sie amüsiert.

Der Herr interessierte sich für den Biedermeierschrank aus Kirschholz. Da war Marie ganz in ihrem Element! Annike folgte dem Verkaufsgespräch aufmerksam.

„Das ist wirklich ein schönes Stück.“ Bewundernd stand der Kunde davor.

„Die warme Hochglanzpolitur vermittelt tatsächlich direkt Behaglichkeit.“ Marie strich liebevoll über eine Tür. „Schauen Sie die handwerklich kunstvoll hergestellten schwarzen Schlüsselschilder. Der Schrank ist sehr edel verarbeitet. Das Kranzgesims mit Schinkeldach ist sicherlich genauso ein Hingucker wie die ansprechenden Füllungsfelder hier an der Front.“

Dann öffnete sie den Schrank. „Es gibt vier Fachböden. Auf Wunsch können wir Ihnen auch eine Garderobenstange einbauen, sofern Sie möchten.“

„Nein, nein, die Ausstattung mit den Böden ist

schon genau das, was meine Frau und ich suchen. Es wird das Weihnachtsgeschenk für sie. So einen Schrank hat sie sich immer gewünscht. Wissen Sie, ihr ist der Glanz wichtig."

„Den empfinde ich auch als sehr schön. So behaglich und wohnlich."

Weiter konnte Annike dem Gespräch nicht lauschen, denn zwei Kundinnen, die gerade gekommen waren, interessierten sich für die hübschen Sammeltassen aus den Fünfzigern.

Als die Chefin das Geschäft wieder verließ, hatten der Biedermeierschrank und die Tassen neue Besitzer.

Mit bester Laune fuhr Marie zurück zu Emilie und Finn.

Der Junge half eifrig tragen und strahlte, als er seinen Lieblingskäse und einige Süßigkeiten entdeckte.

„Danke!" Er hüpfte durch die Wohnung und biss nebenbei in einen kleinen Schokoladen-Nikolaus.

„Der Tee ist fertig." Emilie füllte zwei Tassen.

„Ich komme sofort, ich will nur Lela und Minni ein Leckerchen geben." Marie fischte die Packung aus ihrer Tasche. „Und Katzenfutter habe ich auch gekauft."

Sie lief zu Finns Zimmer und hustete wieder. Ich bekomme tatsächlich eine Erkältung, befürchtete sie. Jetzt tat schon das Schlucken weh.

Die kleinen Miezen lenkten sie ab, als sie gierig ihr Leckerchen verschlangen.

Und Finn sagte völlig arglos: „Schade, dass du so lange einkaufen warst. Du hast den Marvin knapp verpasst."

Marie stutzte. Also hatte sie doch richtig gesehen, als sie im Schneegestöber nach Hause kam. Es waren die Rücklichter des Streifenwagens gewesen!

„Oh, das ist wirklich schade. Du, hat er nach mir gefragt?“

♥ 9 ♥

„Ich hab ihm gesagt, du bist wieder weg.“

„Finn, ich war nur einkaufen für euch, und du wusstest doch, dass ich wiederkomme!“

„Ja, aber du warst weg. Und der Marvin muss Verbrecher jagen.“

Marie gab auf. Finn war eben noch ein Kind. Und genau das sah man, denn er schnappte sich die Schale mit Lebkuchenherzen, die Marie gerade gerichtet hatte.

„Lecker, die mag ich besonders gern. Am liebsten diese hier, die mit ohne Marmelade drin. Die mit Marmelade sind nämlich zu süß.“

„Aha! Dann hab ich Glück gehabt und richtig eingekauft.“

„Du lernst schnell“, war der unbekümmert freche Kommentar von Finn.

Dieses Mal jedoch ärgerte sich Marie nicht, sondern lächelte innerlich.

Kurz danach saß sie mit Emilie im Wohnzimmer und genoss den heißen Ingwer-Honig-Tee und die Lebkuchen.

„Ich schaue in den nächsten Tagen immer mal vorbei, wie es euch geht, wenn es dir recht ist, Emilie“, sagte Marie und sah die alte Dame prüfend an.

„Marie, ich möchte dir keine Umstände machen.“

„Tust du nicht. Ich werde die Mittagspausen dafür nehmen."

„Ich danke dir für alles, was du für uns tust."

„Magst du mir etwas von deiner Tochter erzählen?", fragte Marie leiser.

Emilies Augen wurden feucht. „Gern."

So erfuhr Marie nun von dem schweren Schicksal. Sandra, so hieß Emilies Tochter, hatte Finn erst sehr spät bekommen. Den Namen des Vaters hatte sie für sich behalten. Mit zwanzig hatte sie eine kurze, kinderlose Ehe geführt, danach noch verschiedene Beziehungen gehabt, aber letztendlich nicht erneut geheiratet. Ihr Wunsch nach einem Kind wurde stetig größer, so war sie eben dann mit Anfang vierzig schwanger. Ohne einen sich kümmernden Vater.

Emilie war dies sichtlich peinlich. Sie war wohl noch vom alten Schlag, eine ledige Mutter, kein Vater für den Jungen …

„Irgendwie hat es zeitlich trotzdem alles gepasst. Sandra hat die leer stehende Wohnung oben genommen. Ich war darüber froh, so hatte ich Tochter und Enkel ganz nah. Eigentlich wollte sie das alte Bad renovieren, aber es ist nicht mehr geworden. Nun, mit Baby war es auch schwierig. Und als dann der Krebs kam ...", Emilie versagten die Worte und ihre Augen füllten sich mit Tränen.

Sie straffte sich jedoch. „Fast vier Jahre haben wir gekämpft, unterm Strich doch verloren. Am liebsten wäre ich mit gestorben, aber ich muss schließlich für meinen Enkel da sein. War das ein Kampf mit dem Jugendamt! Letztendlich, nach vielen Querelen und Befragungen von Finn hat der Richter dann entschieden, er darf bei mir bleiben."

Marie war sehr berührt. Spontan legte sie ihre

Hand auf Emilies, und die sah sie dankbar an.

Sie plauschten noch ein bisschen über andere Dinge, bis Marie auf ihre Armbanduhr sah.

„Es wird Zeit! Ich melde mich telefonisch morgen direkt nach Ladenschluss. Samstags schließe ich um zwei.“

Emilie brachte sie zur Tür, nachdem sich Marie bei Finn verabschiedet hatte. Der allerdings war durch ein Computerspiel abgelenkt und winkte ihr nur flüchtig.

Auf dem Heimweg senkte sich die Dämmerung herab. Der Himmel präsentierte sich klar in einem fast kräftigen Pinkton, der sich schnell verdunkelte. Wie schön das aussah! Marie erinnerte sich an ihre Oma. Bei diesem wunderbaren Winterhimmel sagte sie stets: *Jetzt backen die Engel Plätzchen.*

Sie selbst hatte früher in der Adventszeit zu gerne mit ihrer Großmutter gebacken. Genauer betrachtet, hatte sie vom Teig gefuttert und das von Oma ausgerollte Teigstück mit den verschiedenen Formen ausgestochen. Sternchen, Engel, Tannenbäumchen und Weihnachtsglocken waren dabei.

Diese Erinnerungen an den weihnachtlichen Duft aus Zimt, Sternanis, Kardamom und Vanille, der dem Backofen entströmte – und natürlich an ihre liebe Omi mit der gestärkten weißen Rüschen-Schürze – ließen sie automatisch lächeln.

Daheim nahm sie, bevor sie Wasser aufsetzte, eine heiße Dusche. Sie fühlte sich merkwürdig schlapp. Das lag bestimmt an dem anstrengenden Tag. Die Nase ging langsam zu. Das deutlichste Zeichen für eine nicht mehr aufzuhaltende Erkältung.

In weiser Voraussicht hatte sie zwei Beutel Zitronen, eine Knolle Ingwer und drei Beutel Orangen gekauft, falls sie einer Grippe den Garaus machen musste.

Sie presste eine Zitrone aus, schnitt eine dicke Scheibe Ingwer ab, gab beides in eine große Tasse, goss heißes Wasser auf und süßte mit Honig.

Es klingelte. Halb sieben, das konnte Gernot noch nicht sein. War er aber doch.

„Hatte ich nicht sieben gesagt?“, empfing sie ihn ein wenig kühl.

Er war perplex. „Ich dachte, du freust dich.“

Er wollte sie auf den Mund küssen, aber sie drehte ihren Kopf weg. „Nee, lass mal, ich bekomme eine dicke Erkältung, die Nase ist schon gut verstopft, da musst du dich nicht noch anstecken.“ Und wie zur Bestätigung hustete sie.

„Davon hast du am Telefon aber nichts gesagt.“

„Ist eine Spontangrippe.“

Innerlich amüsierte sich Marie. Gernot war ein Hypochonder, wie er im Buche stand. Er befürchtete bei jedem kleinen Huster ihn umgebender Menschen einen sofortigen Angriff von nahezu todbringenden Bakterien und Viren.

Ich trinke gerade eine heiße Zitrone mit Ingwer. Möchtest du auch?“

Er nickte.

Ist ja klar, dachte Marie. Also schlurfte sie in die Küche, Gernot kam hinterher.

Er blickte verständnislos auf die vielen Orangen und Zitronen.

„Was ist das denn? Warst du im Supermarkt der Retter der Südfrüchte?“

„Ich muss mich doch jetzt nicht vor dir rechtfertigen, nur weil ich ein paar Vitamine eingekauft habe, oder?“ Schon presste sie eine weitere Zitrone aus und gab den Saft in eine große Tasse. Das Wasser ließ sie noch einmal aufkochen.

Gernot bemerkte ihre leicht gereizte Art. Besser einlenken, empfand er, und so kam er auf die Ereignisse der letzten Tage zurück. „Dann erzähl mal ganz genau von deinen Erlebnissen.“

Marie sprudelte los. Dass Gernot nur halbherzig zuhörte, entging ihr. „Also werde ich in den nächsten Tagen immer mal wieder nach ihnen schauen.“

„Bitte?“ Er sah sie sprachlos an. „Sag jetzt nicht, du weitest dein soziales Engagement aus. Lass die Leute doch in Ruhe. Außerdem, mit einer ansteckenden Erkältung würde ich da nicht auflaufen.“

„Die habe ich übers Wochenende auskuriert.“

Gernot war bei ihr geblieben, aber es war ein recht trostloser Abend. Sie lag erschöpft auf der Couch. Als sie später gemeinsam schlafen gingen, wollte sie sich ein wenig tröstlich ankuscheln. Aber er wehrte ab.

„Lass lieber, Marie, ich kann mir zurzeit keine Erkältung leisten.“

Damit drehte er ihr den Rücken zu. So schnappte sie sich ihren alten Lieblingsbären und drückte den Kopf in sein weiches Fell. Wenigstens ein kleiner Trost.

Den Samstag überstand sie im Geschäft gerade so. Unverzüglich fuhr sie nach Hause, und während der Fahrt informierte sie Emilie.

„Ach du armes Puttputt“, hörte sie, „dann komm schnell wieder auf die Beine. Gute Besserung für dich. Von Finn auch.“

Daheim sank sie gleich auf die Couch, rief Gernot an, um für den Abend abzusagen und schlief dann direkt ein.

Im Wohnzimmer war es bereits dunkel, als sie wieder erwachte.

Sie fühlte sich noch schrecklicher als vorher. Das Fieberthermometer zeigte 39,5 Grad. Na Halleluja! Zerschlagen und müde schleppte sie sich zu ihrer kleinen Medikamentenkiste und wühlte nach ein paar Grippetabletten.

Das Telefon klingelte. Mann, lasst mich in Ruhe. Dann sah sie auf das Display. Eine unbekannte Nummer. Nee, Leute, heute bin ich out of Business! Sie ließ es klingeln. Man konnte ihr schließlich eine Nachricht hinterlassen.

Kurz danach bereute sie beim Abhören, das Gespräch nicht angenommen zu haben. Marvin hatte ihr auf die Mailbox gesprochen. Die Nummer war ihr noch nicht präsent.

Schnell wählte sie ihn an. Ihr Herz hüpfte ungewollt, als er sich mit „Littmann“ meldete.

♥ 10 ♥

Marie berichtete ihm von Emilie und Finn und erwähnte dann ihr Fieber.

„Man hört schon an deiner Stimme, wie schlimm es dich erwischt hat.“ Marvin beendete das Gespräch recht schnell. „Kurier dich erst einmal aus, wir können ein andermal telefonieren. Ich melde mich wieder, um zu hören, wie es dir geht.“

Erschöpft ließ sie ihr Smartphone sinken.

Marvin klang besorgt – ganz im Gegensatz zu Gernot, der ein wenig angepickt war, weil sie seine Wochenend-Aktivitäten gecrashed hatte. Nichtsdestotrotz zeigte sich ihr Freund von seiner großzügigen Seite. „Erhol dich erst einmal. Das nächste Wochenende kommt bestimmt“, hatte er gemeint.

Also war sie allein und konnte sehen, wie sie fertig würde. Das nächste Mal, wenn es ihm schlecht ging – nahm sie sich jedenfalls vor – würde sie nicht zu ihm fahren. Das hatte sie nämlich schon zweimal gemacht und die Rolle der Pflegerin Marie übernommen.

Ein unruhiger Schlaf übermannte sie und brachte keinerlei Erholung, im Gegenteil. Sonntagmorgen war sie gänzlich platt.

Sie erinnerte sich daran, dass sie von ihren Eltern immer Heidelbeeren bekommen hatte. Die sollten das Fieber senken. Und sie hatte noch ein Glas im Vorrat. Auf mehr hatte sie sowieso keinen Appetit.

Kurz telefonierte sie mit Annike und bat sie um Vertretung im Geschäft. „Vielleicht nur morgen, eventuell bitte noch Dienstag. So kannst du deine Provision erhöhen“, lockte sie ihre Angestellte mit tiefer Erkältungsstimme.

Marie zahlte ihr zwar ein festes Gehalt, hatte als Anreiz aber auch eine kleine Provision für gute Umsätze ausgelobt. Sie fand das fair, und das Geschäftsmodell funktionierte gut.

Am Abend schellte es an der Wohnungstür. Vielleicht doch Gernot?

Aber vor der Tür stand Marvin mit einem Kochtopf in beiden Händen. „Von Emilie. Das ist Hühnersuppe. Ich soll dir ausrichten, das gibt Kraft.“ Er lächelte sie liebevoll an. „Du siehst wirklich ...“

„Scheiße aus“, ergänzte Marie direkt.

„So hätte ich das jetzt nicht gesagt.“ Er grinste. „Ich würde das Wort *mitgenommen* wählen.“

„Komm doch rein“, Marie machte die Tür ein Stückchen weiter auf. Marvin wehrte ab. „Ein andermal gern, heute habe ich Nachtschicht und bin in Eile.“

Schon war er wieder verschwunden.

Mit dem alten, noch lauwarmen Emailletopf dackelte sie langsam in die Küche und hob den Deckel hoch. Ein appetitlicher Duft stieg ihr entgegen. Sie füllte eine kleine Suppenschale, stellte sie in die Mikrowelle und balancierte sie dann ins Wohnzimmer.

Der Fernseher leistete ihr Gesellschaft, als sie die heiße Hühnersuppe Löffel für Löffel schlürfte. Sie war ausgezeichnet.

Später bedankte sie sich telefonisch.

„Nicht der Rede wert", kommentierte Emilie. „Ich habe sie für Finn und mich gemacht, und das fiel ab."

Was für ein liebenswerter Mensch! Sie hatte selbst nicht so viel, kochte aber eine kräftigende Hühnerbrühe für sie mit. Die Einlage aus Hühnerfleisch war gefühlt ein ganzes Huhn, und Möhren- und Selleriestückchen sowie frische Petersilie waren auch reichlich enthalten. Außerdem waren Eierstich und Grießklößchen drin. Beides mochte Marie sehr gern.

Plötzlich fiel ihr auf, dass Emilie wie ein vorweihnachtliches Geschenk war – sie tat ihrem Herzen gut. Der kleine Finn gehörte natürlich dazu. Und Marvin. Tja, Marvin ...

Sie fühlte sich seltsam angezogen von ihm. Er war so ganz anders als Gernot.

Ihr Lebensgefährte war ein tougher Mensch. Er schob als Banker täglich das Geld hin und her und fand immer wieder Anlagemöglichkeiten, die noch einen Tacken besser waren. In dieser Hinsicht konnte man ihn als Fuchs bezeichnen. Geldsorgen hatten sie beide keine und würden sie später gemeinsam erst recht nicht haben.

Ihr Leben war vorprogrammiert. Baldiger Einzug in die neue, frisch renovierte Wohnung, danach in den kommenden Monaten Hochzeit. Teure Sommer- und Winterurlaube. Gernot liebte das Golfen, sie das Skifahren.

Soeben wurde ihr deutlich bewusst, dass sie geradewegs in eine Schicki-Micki-Zukunft glitt. Marie erschrak.

Der Montagmorgen fühlte sich schon besser an. Emilies gehaltvolle Suppe schien Kraft und Energie in ihrem Körper verteilt zu haben.

Spontan griff sie zum Telefon und bedankte sich nochmals. „Das war wirklich Zaubersuppe, liebe Emilie."

„Ach, nur ein uraltes Familienrezept, schon von meiner Großmutter", schwächte die alte Dame ab, aber Marie schnappte durchaus den Stolz auf, der in ihren Worten mitschwang.

„Ich denke, Mittwoch bin ich wieder hergestellt und werde ins Geschäft fahren. Kann ich am Mittag vorbeikommen? Ich würde dann beim Bäcker vorbeifahren und etwas für uns mitbringen." Marie sah sich schon in dem antiquierten, aber so gemütlichen Ohrensessel bei Emilie sitzen.

„Ich würde mich sehr freuen."

Tatsächlich fühlte sich Marie am Mittwoch wieder einigermaßen hergestellt und fuhr gegen zehn Uhr, dick eingemummelt, damit sie Viren bloß keine geeignete Angriffsfläche bot, in ihr Geschäft. Marvin hatte sie gestern angerufen, um zu hören, ob es ihr besser ging.

Von Gernot hatte sie nichts gehört. Aber letztendlich war das nicht ungewöhnlich. Nur komisch, wenn es plötzlich jemanden gab, der völlig anders agierte.

Annike nahm sie fröhlich direkt an der Tür in Empfang. „Gut, dass du kommst, hier war echt der Wutz los!" Und sie rief glücklich: „Umsaaaaatz!"

„Super, dann können wir noch Teile aus dem Lager rüberholen."

„Ist schon passiert. Ich habe meinen Mann gestern

gebeten, mir zu helfen."

Nun sah Marie genauer hin. Der Laden war komplett aufgefüllt. Gut, einiges hätte sie ein bisschen anders präsentiert, aber die Geste zählte und sie war dankbar.

„Ich wäre froh, Annike, wenn du mir, sofern es sich zeitlich bei dir einrichten lässt, jetzt täglich helfen könntest."

Annike strahlte und nickte. „Mach ich." Das würde für sie zusätzliches Geld bedeuten – und das wiederum eine Reise zu ihren Eltern und Großeltern nach Holland plus nette Geschenke für sie obendrauf. Das Leben kann so überraschend schön sein, dachte sie glücklich.

Der Morgen gestaltete sich betriebsam. Viele kleinere Stücke gingen über den Tisch. Hier eine Bronzestatue oder eine Porzellanschale von Meissen, dort eine Goldkette von 1875 oder auch ein hübsches Mocca-Service mit Goldmalerei aus den 20-er Jahren.

Eine Kundin kam mit einem Set von vier Art-Decó-Eierbechern zu Marie. „Haben Sie davon nicht sechs?"

„Das tut mir leid", bedauerte Marie, „es existieren nur diese vier Exemplare. Es gab zwar sechs Stück, allerdings waren zwei zerbrochen, als wir sie aus einem Nachlass erhielten."

„Schade." Doch die Kundin trug die Eierbecher zur Kasse. „Sie sehen einfach himmlisch aus. Ich muss sie haben!"

Aber der Renner in diesem Jahr war der antike Weihnachtsschmuck. Nahezu jeder Kunde nahm eine Kleinigkeit davon mit.

Marie hatte zwei Blautannen im Geschäft aufstellen lassen und mit handgemalten Kugeln, Glöckchen, Porzellanengelchen, Glaszapfen, Strohsternchen und diversem anderen Weihnachtsschmuck dekoriert. Immer wieder füllte sie auf.

Sicherlich tat das Wetter hierbei ein Gutes, denn die festlich geschmückten Bäume standen in den großen Fenstern. So schauten die Schneeflöckchen herein und gaben Maries liebevollen Arrangements das stimmungsvoll weihnachtliche Ambiente.

In einem der winzigen Momente der Ruhe sah Marie auf ihre Armbanduhr.

„In einer Stunde ist Mittagspause. Die brauche ich dann auch. Aber von mir aus kann es so weitergehen. Immer ein Verkauf nach dem anderen, wieder einer und noch einer, das passt!"

Sie lächelte. Noch wusste sie nicht, dass sie alles ihrem Wunsch entsprechend bekommen sollte, aber ganz anders, als je gedacht.

In ihrem Falle hieß es: Ein Mann nach dem anderen!

♥ 11 ♥

Als Erster kam ihr Freund Gernot zwei Minuten nach ihrem so locker ausgesprochenen Wunsch ins Geschäft.

Er rieb sich die Hände. „Kalt draußen“, war seine Begrüßung.

„Hat der Winter so an sich“, antwortete Marie.

Er kam auf sie zu und küsste sie auf die Wange. „Ich sehe, dir geht es wieder gut. Das freut mich.“

Gernot lächelte sie an, mit den Augen blinzelnd und in der gewohnt charmanten Art, die früher ihr Herz hatte schmelzen lassen. Erstaunt stellte sie fest, dass es augenblicklich nicht recht wirken wollte.

„Ich dachte, du rufst abends mal an“, Marie trat einen Schritt zurück.

„Wollte ich auch, gestern.“ Gernot wirkte ein wenig verlegen. „Aber dann war ich nach dem Büro mit Peter noch was trinken. Irgendwie sind wir zwei versackt. Und gegen Mitternacht wollte ich dich nicht mehr wecken.“

„Zwischendurch anrufen wäre auch eine Option gewesen, oder?“ Ihr Ton hatte eine gewisse Schärfe.

„Ach Schatz“, er stupste ihr leicht mit dem Zeigefinger auf die Nasenspitze, „du siehst süß aus, wenn du verstimmt bist. Ich gelobe Besserung. Lass uns heute Abend essen gehen!“

Aha. Sie bemerkte durchaus sein schlechtes Gewissen. Sonst war doch unter der Woche normalerweise nur selten Zeit für sie. Da ging er zum Sport, traf sich mit Kollegen und Freunden, das waren seine sogenannten Männerabende – er brauchte Raum für sich.

„Nee, lass mal. Dies ist der erste Tag nach meiner Mini-Grippe. Da brauche ich heute Abend meine Couch."

„Dann aber Freitag. Du bist eingeladen, Herzchen. Lass uns ins PORTOBELLO gehen. Ich bestelle vor. Gefüllte Artischockenblüten für dich, Vitello tonnato für mich. Und dazu einen wunderbaren Rotwein für uns zwei. Wär das was?"

Kurz flackerte die schöne Atmosphäre im PORTOBELLO vor Marie auf. Sie hatte den Geschmack der unvergleichlichen Speisen dort auf der Zunge, den appetitlichen Duft in der Nase, das geheimnisvolle Funkeln des Rotweins im Kerzenlicht vor Augen.

Gernot gab allerdings nicht auf. „Aber wir hätten doch noch die heutige Mittagszeit! Wann machst du Pause?"

„Heute gar nicht." Diese Lüge kam ihr ohne Probleme über die Lippen. „Wir müssen unbedingt weitere Ware vom Lager rüberholen."

Nicht auszudenken, wenn er mitbekam, dass sie Kontakt zu Emilie hielt. Für neue, unerquickliche Diskussionen hatte sie momentan keinerlei Kraft.

„Okay, dann bis Freitag!"

Er ging auf die Tür zu. Auf die Idee, ihr beim Schleppen der Ware zu helfen, kam er nicht. Marie sah ihm hinterher. Er sah klasse aus! Das typische Bild eines erfolgreichen Mannes, der weiß, was er will. Das hatte ihr immer imponiert. Bisher.

Er ging hinaus und übergab sozusagen die Klinke in die Hände eines Polizisten. Marvin!

Eine Millisekunde bot sich ihr ein Vergleichsbild und verwirrte sie total.

Während Marvin lächelnd auf sie zukam, bemerkte sie, wie Gernot sich draußen noch einmal erstaunt umblickte, kurz stehenblieb, dann aber doch die Entscheidung traf, weiterzugehen.

„Hallo Marie, ich wollte mal hören und sehen, wie es dir geht." Seine schönen dunkelblauen Augen leuchteten unter der Dienstmütze.

„Danke, besser. Ich werde sicherlich heute Abend ziemlich geschafft sein, aber ich habe schließlich noch Annike, die mich hier tatkräftig unterstützt." Marie sah dankbar zu ihrer Mitarbeiterin.

Ganz Gentleman-like ging Marvin zu ihr, gab ihr die Hand und stellte sich vor.

Dann sah Marvin sich um. „Tolles Geschäft! Und Kompliment, wenn man auf den Laden zukommt, wird man förmlich von den schönen Weihnachtsbäumen hineingezogen."

„Danke!" Marie freute sich sichtlich über das Lob. „Mit dem Schnee wirkt das natürlich noch intensiver."

„Es sieht auch nicht aus, als ob es aufhören würde."

„Dann werde ich gleich mal wieder kehren gehen. Der Bürgersteig vor dem Geschäft muss frei sein", seufzte Marie leicht auf.

„Das kommt gar nicht in Frage! Wo steht der Schneeschieber?", fragte Marvin.

Marie sah ihn ungläubig an, aber Annike hatte

schon die Antwort parat. „Direkt neben dem Hauseingang, von hier aus links.“ Sie deutete zudem mit ihrer Hand in diese Richtung.

Bevor Marie noch protestieren konnte, war Marvin bereits raus und schob mit Kraft den Schnee fort. Gernot hätte das nicht getan. Bei Marvin schien alles selbstverständlich. Sie beobachtete ihn. Ein Polizist im Dienst. Schnieke sah er aus!

Kurz danach stand er wieder im Geschäft. Marie lächelte ihn an. „Dann bekommst du jetzt erst einmal einen heißen Kaffee gegen kalte Fingerchen.“

Er hob die Hände. „Die Diensthandschuhe sind warm. Und einen Kaffee nehme ich irgendwann anders. Mein Kollege wartet im Streifenwagen.“

„Hol ihn doch rein.“

„Nee, lass mal. Dienst ist Dienst. Ich komme ein andermal wieder. Ich würde übrigens gerne ein Weihnachtsgeschenk für meinen Vater kaufen und habe dabei an eine dieser Taschenuhren gedacht.“ Er deutete auf eine Vitrine. „Er schwärmt dafür.“

„Soll ich dir eine reservieren?“

Marvin warf einen schnellen Blick auf die Uhren. „Ich glaube, da brauche ich Ruhe zum Aussuchen.“

„Soll sie denn einen Sprungdeckel haben?“

„Ja, in jedem Fall, das ist eine schöne Spielerei, die meinem Vater gefallen würde.“

„Ich habe eine“, Marie ging auf die Vitrine zu, „die ist aus 585er Gold, die würde ich empfehlen. Wir haben auch noch eine mit Walzgold, aber ...“

Marvin unterbrach sie direkt. „Walzgold sagt mir jetzt nichts.“

„Das ist nur eine dünne Beschichtung obenauf. Und die reibt sich mit der Zeit ab, wenn der Gegenstand stark oder oft beansprucht wird.“

„Wieder was gelernt. Dann wäre ich an der 585er interessiert.“

Draußen hupte es. „Oha. Ich komme wieder.“

„Ich werde dir ein schönes Stück reservieren.“

„Ähem ...“, jetzt wurde er ein bisschen verlegen, „allerdings muss sie für ein Polizistengehalt finanzierbar sein.“

„Ist sie, glaub mir, das ist sie. Ich hätte allerdings auch eine in Silber. Die gefällt mir sogar noch besser, aber das ist Geschmackssache.“

„Ich ...“

Draußen hupte es dringlicher.

„Okay. Die Entscheidung wird vertagt. Tschüss!“ Mit Riesenschritten verließ er eilig das Geschäft.

„Das war aber ein Netter! Woher kennst du ihn?“ Annike sah ihm hinterher.

„Ich hab dir doch von dem Unfall der alten Dame erzählt.“ Und dann berichtete Marie ihrer Angestellten in allen Einzelheiten von den letzten Tagen. „Gleich zur Pause fahre ich hin und schau nach dem Rechten.“

„Finde ich klasse, dass du dich da kümmerst“, bestärkte Annike sie.

„Gernot findet das gar nicht so prickelnd.“

Annike winkte ab. „Da würde ich nichts drauf geben.“

„Ehrlich gesagt“, gab Marie zu, „denkt er, mein Engagement ist beendet. Ich mag die alte Dame aber und Finn auch und überhaupt ... also, ich freue mich zum Beispiel richtig auf gleich.“

„Ja sag mal, wieso rechtfertigst du dich? Du solltest immer noch selbst entscheiden, wen du zu deinen Freunden zählst. Das kann dir Gernot doch nicht vorgeben!“

„Das sagst du so einfach.“

„Nee, das *ist* so einfach! Echt! Darf ich dir mal ganz ehrlich was sagen?“

„Klar.“

„Aber versprich mir, dass du nicht böse bist hinterher.“

„Quatsch! Warum sollte ich?“

„Weil meine Meinung vielleicht unbequem ist.“

„Blödsinn. Du weißt, ich schätze deine Ansichten.“

„Gut.“ Annike straffte sich und holte tief Luft. „Ich habe festgestellt, je näher eure gemeinsame Wohnung kommt und die Planungen für eine Hochzeit sich verdichten, desto mehr drückt dir Gernot seine Meinung auf. Und du versuchst immer, es ihm recht zu machen. Alles geht irgendwie nach seiner Nase. Du bleibst auf der Strecke.“

Marie sah sie sprachlos an.

„Hab ich es doch gewusst, jetzt bist du sauer.“ Mit schlechtem Gewissen sah Annike zu Boden. Hätte ich bloß die Schnauze gehalten, dachte sie. Dann aber wurde sie überrascht.

Marie sprach ganz langsam. „Das ist ... es ist mir irgendwie noch gar nicht so bewusst geworden“, sie kratzte sich an der Wange, „aber es stimmt.“

Annike war sichtlich erleichtert. „Weißt du, wenn es schon so anfängt, dass du wegen einer Mittagspause eine Notlüge hervorzaubern musst, dann würde ich die ganze Sache nochmals überdenken oder ein klärendes Gespräch führen, in dem du dein Revier deutlich absteckst.“

Darauf konnte Marie nicht mehr antworten, denn die Ladenglocke erklang hell. Ein Mann betrat den Laden. Beide starrten zu ihm hin. Er sah gut aus, der sichtbar teure Mantel wies ihn als zahlungskräftigen Kunden aus.

Mit einem breiten Lächeln kam er auf Annike und Marie zu.

„Sicherlich können Sie mir helfen, meine Damen“, flötete er jovial.

Während Annike freundlich nickte, froren Maries Gesichtszüge ein. Sie kannte diesen Mann!

♥ 12 ♥

„Ich bin auf der Suche nach einem alten Globus. Ihr Geschäft wurde mir empfohlen.

„Ach herrje, das tut mir aber jetzt leid“, gurrte Marie. „Wir hatten einen wunderschönen Globus hier – bis vor zwei Stunden. Er wurde verkauft.“

Sein Strahlen erlosch. „Das ist ja schade!“

„Aber wenn es sie trösten kann: Morgen erwarte ich noch ein besonderes, recht kostbares Stück. Es ist auf dem Versandweg. Der Fuß ist aus Edelholz, der Meridian aus Bronze. Er wird dem Ende der Renaissance, Beginn des Barocks zugeordnet und stammt aus dem Nachlass eines deutschen Fürsten. Allerdings muss ich erwähnen, dass dieser Globus im höheren Preisniveau liegt.“

„Das habe ich mir nach Ihren Ausführungen schon gedacht. Würden Sie ihn mir reservieren?“

„Oh, das ist schlecht, wir haben eine Reihe von Kunden, die sicherlich interessiert wären, daher ...“, Marie wiegte den Kopf hin und her und ließ den Rest des Satzes offen.

„Wann soll er eintreffen?“ Man sah ihm das brennende Interesse an.

„Warten Sie“, Marie ging zügig hinter die Ladentheke und tippte geschäftig auf ihren Computer. „Ich sehe ..., ah, da ist es! Er ist avisiert zwischen elf und zwölf.“

Der Mann zog sein Smartphone hervor. Er wischte schnell hin und her. „Das passt. Wenn ich verspreche, bis ein Uhr bei Ihnen zu sein, würden Sie ihn wenigstens so lange zurückhalten?"

Marie schien gut zu überlegen. „Das wäre machbar. Nur bis um eins müssen sie hier gewesen sein, wir schließen dann bis drei."

Er ließ sich noch den Preis nennen, schluckte ein wenig, versicherte aber sein Erscheinen am nächsten Tag und verließ das Geschäft.

Annike sah den zufriedenen Gesichtsausdruck von Marie. „Du, was ist denn los?" Die Neugier brach sich Bahn. „Der Globus wurde doch vorhin bereits geliefert, hast du das vergessen? Und *so* teuer, wie du ihm angegeben hast, wolltest du ihn gar nicht verkaufen, oder habe ich da was missverstanden? Jetzt muss der Kunde morgen nochmals kommen. Warum?"

„Auch ich habe mal das Recht, meinen Teil der mir eigenen angeborenen Boshaftigkeit auszuleben." Ihre Augen verengten sich zu Schlitzen. „Der Kerl bezahlt den Preis oder der Globus bleibt hier! Der kann sich zudem nochmals in seinen Designer-Klamotten hierher bewegen."

Annike starrte sie verständnislos an.

„Das ist der Arsch aus dem Supermarkt, der mich Vorstadt-Tussi genannt hat."

Eine Viertelstunde später schlossen sie den Laden für die Pause. Annike amüsierte sich immer noch.

„Der Ausdruck Vorstadt-Tussi hat dich echt angepickt, was?"

„Ich mag keine Männer, die sich nicht beherrschen können – und unhöfliche erst recht nicht.

Außerdem hat er mich noch nicht mal wiedererkannt. Und ein alter Spruch bewahrheitet sich: Man sieht sich im Leben immer zweimal“. Sie grinste diabolisch und zuckte mit den Schultern. „Tja, Pech für ihn. So, nun weg mit den Gedanken an diesen unflätigen Typen. Ich flitze jetzt in die Bäckerei und dann zu Emilie.

„Grüße sie mal unbekannterweise von mir.“

„Mach ich gern.“

Zwanzig Minuten später und mit einem Tablett Kuchen trat sie freudig in Emilies Haus. Finn war auch schon da und freute sich über einen Stutenkerl.

„Klasse, mit echter Pfeife.“

Schon war der Kopf abgebrochen und komplett in den kleinen Mund geschoben.

„Finn!“, maßregelte Emilie ihn. „Nicht alles in den Mund schieben! Beiß doch ab!“

Der Kleine konnte nicht antworten, sondern versuchte durch heftiges Kauen, etwas davon zu verschlucken.

„Mach ich das nächste Mal.“ Er klang ziemlich undeutlich.

Minni und Lela schossen in einem Affenzahn um die Ecke. „Oh, jetzt habe ich gar nichts für euch“, bedauerte Marie.

Da stand Emilie auf, holte eine Kaustange und reichte sie ihr. Marie brach Stückchen für Stückchen ab und gab sie beiden Kätzchen, die sie heftig miauend bedrängten, als hätten sie tagelang nichts gegessen. Schauspieler, diese süßen Miezen!

Als das Leckerchen verfüttert war, hielt sie den beiden Schnütchen ein Stück ihres Kuchens hin. Erst schnupperten sie interessiert, danach irritiert, dann trafen Marie deutlich vorwurfsvolle Blicke, und die beiden wandten sich nahezu schmollend ab.

„Das mögen sie nicht.“ Emilie lächelte. „Es hat keinen Mausgeschmack.“

Marie steckte sich das Stückchen selbst in den Mund, kaute kurz und bestätigte amüsiert: „Stimmt, null Geschmack nach proteinreicher Maus.“ Dann wechselte sie das Thema. „Machst du auch fleißig deine Übungen für die Schulter?“

„Sicher! Ich möchte sie schließlich genauso beweglich haben wie vorher.“

„Und wann musst du zur Nachkontrolle? Ich fahre dich.“

„Aber du hast doch dein Geschäft – und gerade jetzt zur Weihnachtszeit bist du sicher unabkömmlich. Ich nehme den Bus.“

„Klar, damit du noch mal fällst. Keinesfalls! Ich fahre dich. Ich habe eine Hilfe im Laden, also alles kein Problem. Außerdem ist eine Wetteränderung nicht in Sicht.“

Emilie legte Marie die Hand auf ihre. „Danke, wie lieb! Aber das kann ich wirklich alleine bewerkstelligen. Meine Beine funktionieren einwandfrei. Wie wirst du denn Weihnachten verleben? Mit deinen Eltern?“

Das versetzte Marie einen Stich. „Nein, ich verbringe Weihnachten seit einigen Jahren immer mit meinem Lebensgefährten in der Schweiz beim Skifahren. Den Jahreswechsel ebenfalls.“

„Ach so. Weihnachten nicht daheim sein, mit den geliebten Menschen“, Emilie machte eine winzigen Moment Pause, „nein“, sagte sie dann bestimmt, „das wäre unvorstellbar für mich. Wenn ich mich so zurückerinnere“, ihr Gesicht verklärte sich, „wir haben immer so schön gefeiert. Ich meine, als wir noch eine richtige Familie waren. Meine Eltern, mein Mann Gottfried, Sandra und ich. Es war immer festlich bei uns. Wir haben den Weihnachtsbaum gemeinsam geschmückt.“ Sie klatschte in die Hände. „Das war lustig. Nach getaner Arbeit gab es dann einen Glühwein.“ Sie überlegte kurz. „Den hab ich ewig nicht mehr getrunken.“

Marie dachte an die lange zurückliegenden, so schönen Weihnachtstage mit ihren Eltern. Traditionell gab es einen knusprigen Truthahn mit Rotkohl und Klößen.

Als ob Emilie die Gedanken aufgeschnappt hätte, ergänzte sie: „Bei uns gab es immer Truthahn mit Rotkraut und natürlich selbst gemachten Knödeln. Als Vorspeise eine köstliche Suppe mit Eierstich. Das Dessert jedoch variierte.“ Sie nickte traurig. „Erst starb Gottfried und dann Sandra. Nun sind Finn und ich allein. Aber der Junge muss ja ein schönes Weihnachtsfest haben, deshalb mache ich im Prinzip alles wie bisher. Nur der Weihnachtsbraten fällt etwas kleiner aus. Es gibt Hähnchen.“

Marie blieb stumm. Über das Weihnachtsmenü hatte sie, seitdem sie Gernot kannte, gar nicht mehr nachgedacht. Das Hotel gab sich stets die größte Mühe und servierte mehrere Gänge erlesener Speisen. Aber Traditionelles? Nein, das war nicht dabei. Eher Kreatives. Jedes Jahr ein bisschen mehr. Höher, weiter, schneller, kam ihr in den Sinn.

„Ich kann übrigens gut Stollen backen“, erzählte Emilie. „Dieses Jahr natürlich nicht mehr, mit dem Arm geht Kneten schließlich nicht.“

„Ich kaufe immer einen. Aber nur einen Kleinen. Gernot mag Stollen nicht so gerne, und für mich allein lohnt ein Großer nicht, der wird dann zu schnell trocken.“

„Das sind halt die Gekauften. Die selbst gebackenen Stollen bleiben schön locker und saftig. Ach“, Emilie hob den Zeigefinger, „ehe ich es vergesse! Warte mal einen Moment.“

Die alte Dame stand auf und verließ das Wohnzimmer. Als sie kurz danach zurückkam, trug sie ein in die Jahre gekommenes Holzkästchen.

„Liebe Marie, du warst so gut zu mir, ich habe überlegt, wie ich es dir vergelten kann.“

„Emilie!“, entrüstete sie sich. „Ich habe das nicht getan, um etwas dafür zu bekommen, sondern weil es selbstverständlich für mich ist. Und außerdem habe ich euch vier ins Herz geschlossen.“

Emilies Augen wurden feucht. „Dankeschön.“ Sie setzte das Kästchen ab und öffnete es.

Marie verschlug es die Sprache.

♥ 13 ♥

Granatsteine, Smaragde und Brillanten funkelten sie an. Sie entdeckte Ketten, Ringe und Armbänder aus Silber und Gold. Hier blickte sie – unglaublich – kostbarer Schmuck an!

Emilie schob ihr das alte Holzkästchen hin. „Ich möchte mich auf meine Weise bedanken und bitte dich, dir etwas auszusuchen."

Mit großen Augen starrte Marie sie nahezu fassungslos an. Als sie ihre Worte wiederfand, stammelte sie: „*Das* kommt gar nicht in Frage!"

„Bitte! Du bist so gut zu uns. Ich trage keinen Schmuck, da mache ich mir gar nichts draus. Er liegt schon viele Jahre ungetragen in diesem Kästchen. Teilweise ist er sogar noch von meiner Großmutter. Schau hier, diese Smaragdkette zum Beispiel hat meine Oma zur Hochzeit bekommen. Oh, und diese Bernsteinkette ist von meiner Mutter. Es war ein Geburtstagsgeschenk von meinem Vater. Aber welcher Geburtstag", sie überlegte, „ich weiß es nicht mehr."

Bis ins Detail konnte Marie den Schmuck zwar nicht bewerten, sie wusste jedoch, dass sie hier ein Vermögen vor sich hatte.

„Aber warum verkaufst du diese Kleinode dann nicht? Du würdest mit Sicherheit einen guten Preis erzielen."

„Ach, wen soll ich denn fragen? Und Juweliere? Ich weiß nicht, ob die ehrlich zu mir sind. Da bleibt er lieber hier. Und das war wohl auch Vorsehung, denn jetzt bekommst du etwas davon."

Marie machte eine abwehrende Handbewegung. „Nein, das kann ich unter gar keinen Umständen annehmen. Wirklich nicht."

„Bitte! Der Schmuck ist doch nicht hässlich. Es *muss* was für dich dabei sein!" Aufmunternd sah Emilie sie an. „Du würdest mir eine große Freude damit machen. Und dem Schmuck sicherlich auch", sie zwinkerte, „der liegt nicht gerne jahrelang im Dunkeln, glaube mir."

Es war ehrlich gemeint, Marie spürte es.

Den Kasten wieder zu sich ziehend, nahm Emilie den Schmuck heraus und breitete ihn sorgfältig auf dem Tisch aus. „So kannst du alles besser sehen."

Um Emilie nicht zu enttäuschen, entschied sich Marie für ein Silberarmbändchen. „Das finde ich besonders schön, weil es so zart verarbeitet ist."

Die alte Dame nahm es lächelnd auf und legte es ihr um. „Wie hübsch das Bändchen an einem jungen Handgelenk aussieht."

„Dankeschön! Jung ist gut ..." Marie stand auf umarmte Emilie liebevoll. „Ich freue mich sehr und werde es in Ehren halten." Dann wurde sie ernst. „Wenn du den Schmuck tatsächlich nicht trägst", begann sie vorsichtig, „also ich habe da eine vertrauenswürdige Adresse in Hamburg, dort könnte ich alles schätzen lassen oder ihn sogar verkaufen, ganz wie du möchtest."

Es blieb ruhig, und Marie packte schon das schlechte Gewissen, als Emilie bedächtig antwortete. „Wenn du meinst."

Marie versuchte es mit Überzeugungsarbeit. „Ich kenne dort eine junge Frau, die sich als Goldschmiedin mit einem Geschäft selbstständig gemacht hat. Liliana, so heißt sie, habe ich auf einer Messe kennengelernt. Wir mochten uns sofort und haben Kontakt gehalten. Sie begutachtet ab und zu Schmuck für mich. Sie ist absolut integer. Würdest du mir deine Schätze anvertrauen?“

Die alte Dame antwortete nicht.

„Nächste Woche Montag bin ich sowieso geschäftlich in Hamburg. Soll ich das dann in Angriff nehmen?“ Marie hatte geflunkert. Sie hatte erst Ende Januar wieder einen Termin dort, aber dies hier sollte man nicht aufschieben.

Damit ließ sich Geld verdienen! Sie schaute erneut in das Kästchen. Großartig! Es funkelte und glitzerte. Sie musste Emilie den Schmuck abluchsen, wenn er hier nur ungetragen und weggesperrt herumlag.

In diesem Augenblick kam Finn ihr ahnungslos zur Hilfe. Er stürmte mit einem Prospekt ins Wohnzimmer. „Guck mal, Oma“, aufgeregt deutete er mit dem Finger darauf. „Hier! Den meinte ich, und der ist sogar im Angebot!“

Ein warmer Kinderanorak in Schwarz mit modischen Applikationen war zu sehen. Er sah toll aus, Marie verstand den Jungen. Finn hatte direkt rote Wangen bekommen. Sie warf einen Blick auf den Preis. Trotz Rabatt immer noch teuer. Sie bemerkte auch, wie Emilie schluckte.

Finn redete weiter. „Oma, das Angebot gibt es nur diese Woche. Vielleicht sollten wir dahin, damit meine Größe nicht ausverkauft ist.“ Mit freudigen Kinderaugen sah er gespannt auf seine Großmutter.

Minni und Lela fegten ins Zimmer und lenkten die Aufmerksamkeit von dem Anorak ganz auf sich. Lela suchte mit einem abenteuerlichen Spurt Schutz hinter der Gardine, Minni schoss ebenfalls dahinter. Die Gardine bauschte auf, Fauchen ertönte und als Kugel rollten sie zusammen wieder hervor.

Sie stießen vor die Stehlampe, die bedenklich wackelte. Finn stürmte geistesgegenwärtig hin und hielt die trudelnde Leuchte fest. Er grinste.

Jetzt lachte auch Emilie. „Da tobt das pure Leben."

So, als wäre nichts gewesen, trennten sich die beiden wenige Sekunden vorher noch ineinander festgekrallten Miezen, saßen sich nun gegenüber und begannen, sich ganz relaxed zu putzen. Diese Showeinlage kannte Marie ja schon. Allerdings hatte es auch einige Blessuren gegeben, denn Minni hatte einen kleinen Kratzer auf dem rosafarbenen Näschen und neben Lela lagen zwei Büschel ausgerupftes Fell.

„Was sind Katzen doch für rätselhafte Wesen", staunte Marie wieder einmal.

In Eintracht stolzierten die beiden nun, Schwänzchen in die Luft gereckt, aus dem Zimmer.

„Die sind so süß!", freute sich Finn, kehrte aber an den Tisch zurück und nahm erneut den Prospekt auf. „Was meinst du, Oma?"

Da ergriff Marie die Initiative. „Ich wollte heute Nachmittag sowieso noch kurz eine Besorgung machen, da komme ich an dem Geschäft vorbei. Wäre es eine Idee, Finn, wenn du gleich mitkommst und wir schauen gemeinsam?"

Finns Augen leuchteten auf. „Darf ich, Oma?"

Weil Emilie nichts sagte, begann er zu betteln.

„Bitte! Dann gibt es meine Größe sicherlich noch. Oma, bitte!"

Man sah, wie Emilies Herz schmolz. „Gut, dann fahr mit."

Finn warf seine Großmutter fast um, so feste umarmte er sie.

„Aua!", rief Emilie. „Meine Schulter."

Erschreckt ließ er sie los. „Tut mir leid. Das wollte ich nicht."

„Dann mach dich mal fertig, ich muss gleich wieder fahren." Mit einem Blick auf die Armbanduhr bestätigte sich Marie selbst ihre Aussage. Finn sauste los.

„Ich habe noch Geld hier. Ich hole es eben." Emilie wollte aufstehen.

Marie hielt sie zurück. „Lass mal, wir machen das später."

Emilie blickte sie an, wohl wissend, dass Marie diesen Anorak, einmal gekauft, nicht bezahlt nehmen würde. Aber sie konnte ihrem aufgeregten und glücklichen Enkel diese Gelegenheit nun nicht mehr abschlagen.

Marie schickte schnell eine WhatsAPP an Annike, dass sie sich um ungefähr eine Stunde verspäten würde. Die Rückantwort kam prompt.

Kein Problem, bin bereits im Geschäft, habe etwas vor der Zeit geöffnet, und zwei Kunden stöbern schon durch.

In Nullkommanichts stand Finn erneut bei ihr, Schal um die Nase, dicke Schuhe an. „Fertig!"

„Ich komme schon." Hastig trank Marie die letzten Schlucke des nun lauwarmen Kaffees aus. „Es war eine meiner schönsten Mittagspausen, Emilie." Dabei sah sie auf den Schmuck und dachte an den Erlös, den die wunderschönen Stücke erzielen würden.

„Was meinst du, Emilie, lässt es dein Herz zu, mir diese Kostbarkeiten anzuvertrauen?"

Man sah, dass die alte Dame kurz mit sich kämpfte. Dann jedoch schloss sie das Schmuckkistchen und drückte es beherzt in Maries Hände. „Gut, mach mal."

Zufrieden nahm Marie die Schätze entgegen.

Emilie lächelte sie an. „Deine Augen glitzern fast wie die Steine in dem Kästchen."

„Da hast du mit Sicherheit recht. Sie inspirieren mich." Ich bin halt Geschäftsfrau, aber das sagte sie nicht laut.

♥ 14 ♥

An der Tür drehte sich Marie noch einmal um und drückte Emilie das Kästchen wieder in die Hände. „Ich habe eine Idee.“

„Schieß los!“

„Du fährst am Montag mit nach Hamburg.“

„Am Montag muss Finn in die Schule.“

„Wir fahren zeitig los. In maximal einer Dreiviertelstunde sind wir da. Wir lassen deinen Schmuck schätzen, gehen hinterher schön Kaffee trinken, und danach düsen wir zurück. Finn hat doch einen Schlüssel, sollten wir bis nach Schulschluss noch nicht wieder hier sein.“

Finn gab sich betont cool. „Klaro Omi, da musst du mit. Ich wuppe das mittags allein.“

„Lass uns Sonntag nochmals telefonieren.“

In der Stadt angekommen, hatten sie das Glück eines Parkplatzes direkt vor dem Sportgeschäft. Finn hibbelte auf dem Sitz hin und her.

„Wieso brauchst du so lange, um zu parken?“

„Weil das hier ein Leihwagen ist, und ich mich mit den Abmessungen nicht wirklich auskenne, Mensch! Sei nicht so ungeduldig!“, meckerte Marie.

„Nachher kauft mir jemand den Anorak weg!“

Die dringlich-ängstliche Tonlage ließ sie stutzen.

Sie glitt kurz in ihre Kindheit zurück. Auch sie

hatte einmal etwas von ganzem Herzen gewollt. Es waren Sandalen mit einem wirklich winzigen Absatz, aber deshalb so begehrenswert für sie – und sie war nur ein einziges Mal in ihrer Größe vorrätig. Sie hatte die Schuhe im Geschäft an den Riemchen hin und her getragen, nicht mehr losgelassen, obwohl ihre Mutter ein „praktischeres" Paar für sie ausgewählt hatte. Letztendlich erweichte sie das Herz ihrer Mama. Sie trug diese blauen Sandalen so oft wie möglich. Kinderglück.

Sobald der Motor ausgeschaltet war, stürzte Finn aus dem Auto. Vor dem Geschäft drückte er sich schon am Schaufenster die Nase platt. „Da ist der Anorak! Boah, voll krass! Guck, wie cool!"

Mit wie viel Herzblut er an diesem Stück hing! Marie war richtig gerührt. Und noch einmal mehr, als er ihre Hand nahm, um sie in das Geschäft zu ziehen. Was für ein Gefühl, diese Kinderhand in ihrer!

Kaum waren sie im Laden, zog er sie direkt zu einem Ständer. Er schien diesen Anorak wohl zu riechen.

Und dann endlich, endlich zog er seinen Wunschanorak über. Das Strahlen der Kinderaugen war zum Dahinschmelzen. Was musste das für ein Glück für ihn sein!

Ein Verkäufer kam hinzu und lobte natürlich den perfekten Sitz. Er zeigte Finn noch ein „Geheimfach" in der Jacke – und nun war der Junge ganz hin und weg. „Fürs Handy", fachsimpelte er mit dem netten Herrn.

Und der war sehr verkaufstüchtig. Schnell hatte er noch eine schwarze Jeans dazu geholt, einen warmen Sweater und die passenden Sportschuhe einer bekannten Marke. Finns Augen quollen über.

Aber er war auch bescheiden, schüttelte den Kopf. „Ich habe noch eine Hose und Schuhe.“ Trotzdem glitten seine kleinen Hände über den warmen, weichen Kinder-Sweater und sein Blick fiel auf die modernen Sneaker.

„Probier alles doch einfach mal an.“ Marie klopfte ihm auf die Schulter.

Finn zögerte.

„Los, schnell, Finn, ich muss noch arbeiten.“

Der Kleine brach mit Sicherheit den Rekord fürs Umziehen. Voller Aufregung stand er wieder vor der Kabine und sah in den großen Spiegel.

„Wie fühlst du dich?“, fragte Marie.

„Klasse!“, brach es aus ihm heraus. „Guck mal, die Schuhe haben reflektierende Streifen. Siehst du?“

„Passen sie denn gut?“

Er nickte.

„Okay, dann zieh dich schnell wieder um.“ Marie wandte sich an den Verkäufer. „Wir nehmen alles.“

Finn, der gerade in die Umkleidekabine wollte, stutzte, drehte sich zu ihr und sah Marie ins Gesicht. Er erkannte, dass dies kein Scherz war. „Echt?“, fragte er.

„Echt! Voll krass, nicht?“ Marie grinste, alleine schon, weil sie seinen Wortschatz mal eben locker übernommen hatte. Da stürzte Finn auf sie zu und umarmte sie mit aller Kraft seiner dünnen Ärmchen. Ihr schossen die Tränen in die Augen. Was für ungewohnte Gefühle!

Mit stolz geschwellter Brust trug Finn kurz danach eine große Tüte aus dem Laden.

„Da wird Oma gucken! Und meine Freunde erst!

Danke, Marie!“

Auf dem Rückweg saß auf dem Beifahrersitz eigentlich nur die übergroße Papiertüte, umschlungen von Kinderärmchen. Finn war darunter nahezu verschwunden, aber er weigerte sich, sie im Fußraum abzustellen.

Marie setzte ihn vor der Haustür ab. Erst einmal hatte sie es eilig, und noch wichtiger, sie wollte sich nicht mit Emilie auseinandersetzen. Der Junge brauchte diese Sachen, er sollte sie mit Freude tragen – und Emilie hätte auf diese Weise Geld, um ihm etwas anderes zu kaufen.

Aber eigentlich brauchte sich Emilie für die nächste Zeit keine finanziellen Sorgen machen, nur das wusste sie noch nicht. Der Schmuck war in jedem Fall ein kleines Vermögen wert. Marie stimmte diese unverhofft positive Änderung der finanziellen Lage für Emilie sehr positiv.

Am folgenden Tag schob sich ein riesiger Blumenstrauß mit Beinen ins Geschäft. So sah es zumindest aus. Zum Vorschein kam das Gesicht des Kassen-Arsches, der einen Charmeur in Vollendung spielte.

Marie drehte sich zur Seite und raunte Annike zu: „Wenn der lacht, kriegen die Ohren Besuch.“

Annike kicherte und beschäftigte sich schnell mit dem Sortieren von Gläsern ein paar Regale weiter.

In der Zwischenzeit hatte der Typ Marie erreicht und drückte ihr den Strauß in die Hände. „Wunderschöne Blumen für eine wunderschöne Frau.“ Er betrachtete sie mit unverhohlenem Interesse. „Ich möchte mich bei Ihnen bedanken, dass Sie den Globus für mich reserviert haben.“

„Wie aufmerksam! Das wäre aber nicht nötig gewesen“, gurrte Marie, ganz Geschäftsfrau, ließ sich ihre wahren Gefühle jedoch nicht anmerken.

Schnell legte sie das große Gebinde auf dem Tresen ab. „Annike, schaust du bitte nach einer Vase?“ Und dann nahm sie dem prächtigen Strauß geschickt die persönliche Note. „Man hat uns Blumen für die Reservierung mitgebracht. Eine nette Geste.“

Der Kerl wollte den Sachverhalt gerade richtigstellen, aber schon war Annike herangekommen. „Das ist sehr freundlich von Ihnen“, lächelte sie ihn an.

So traute er sich nicht mehr, Einspruch zu erheben, sondern quetschte sich ein „Gern geschehen!“, heraus.

„Folgen Sie mir.“ Auf dem Weg in den hinteren Teil des Geschäftes, wo der Globus wartete, lachte Marie innerlich. Perfekt gelaufen! Der Kerl tappte hinterher.

„Schauen Sie, das wäre er.“ Sie macht eine geschmeidige Handbewegung, ihre schmalen Goldarmreifen klingelten hell, zu dem Standglobus hin.

„Was für ein prächtiges Stück! Sie haben nicht übertrieben.“ Er umrundete interessiert den Globus. „Sehr schön. Und von adeliger Herkunft, wie Sie mir versicherten.“

„Natürlich. Ich habe gute Kontakte in diese Richtung.“

„Und der Preis?“

„Wie ich Sie bereits informierte.“

Er nickte. „Gut. Ich nehme ihn mit.“

An der Kasse übergab er Marie seine Kreditkarte. Die freute sich innerlich noch einmal bei dem knisternden Geräusch des sich herausschiebenden Kassenzettels. Ein rundes Geschäft, im wahrsten Sinne des Wortes.

„Dann haben Sie viel Freude mit diesem außergewöhnlich exquisiten Stück“, lächelte sie ihn an, als sie ihm die Karte zurückgab.

Er fixierte Sie. „So einen Kauf sollte man feiern.“

„Tun Sie das.“

„Was halten Sie davon, wenn wir gemeinsam feiern, bei einem exzellenten Abendessen im Schloss-Restaurant?“

♥ 15 ♥

Jetzt war Marie sprachlos. Was bildete sich dieser Kerl eigentlich ein? Mister Unwiderstehlich on tour, oder was?

„Dafür stehe ich leider nicht zur Verfügung. Meine Dienstleistung ist mit dem Verkauf abgeschlossen."

„Aber ich kann Sie doch sicherlich überreden?"

„Keineswegs." Marie musste innerlich zugeben, dass er durchaus eine attraktive Erscheinung war, so wie er jetzt vor ihr stand – kannte man seine hässlich cholerische Seite nicht.

Eine Kundin, die soeben den Laden betrat, rettete sie. Marie ging zielsicher auf sie zu, sagte aber noch mit geschäftsmäßiger Freundlichkeit zu ihm: „Wir würden uns natürlich freuen, wenn Sie wieder einmal an einer besonderen Antiquität interessiert wären."

Kurz danach schob er mit einem förmlichen „Auf Wiedersehen" aus dem Geschäft. Man sah ihm an, dass er nicht gewohnt war, Körbe zu kassieren.

Später fragte Annike neugierig. „Der ist ziemlich geknickt hier raus. Was hast du ihm denn gesagt?"

„Ich habe ihm ganz einfach verklickert, dass ich privat nicht zur Verfügung stehe. Selbst wenn man so etwas in Betracht ziehen würde – niemals mit einem Mann, der sich in einem Supermarkt nicht wie ein normaler, gut erzogener Mensch benehmen kann. Weißt du, was passiert, wenn der privat sauer ist? Das möchte ich mir nicht vorstellen. Nee, das ist wirklich der Antityp von Mann. Da wäre mir jedes Kloster näher."

„Wie hieß der denn?"

„Mats von Umlauf", stand auf der Kreditkarte.

„DER Mats von Umlauf?" Annike riss die Augen weit auf.

Marie zog die Stirn kraus. „Ich weiß nicht, wen du meinst."

„Marie!" Annike stemmte die Hände in die Hüften. „Der reiche Typ, der doch immer auf den Boulevard-Seiten ist. Ein total begehrter Junggeselle, weil stinkreich. Das ist er! Jetzt im Nachhinein erkenne ich ihn. Oh Mann!"

„Der sagt mir nichts."

„Doch! *Den* kennst du! Das ist der, den sie nachts im Hotelpool auf Ibiza mit diesem dumpfbackigen Silikon-Titten-It-Girl beim Sex erwischt und gefilmt haben. Die war vorher im Dschungel. Das kam doch ganz groß in der Zeitung mit den vier Buchstaben. Wir haben da gemeinsam drüber abgelästert."

Jetzt erinnerte sich Marie. „Der hat noch so saudoof in die Kamera geguckt."

Annike gibbelte los. „Klar! Coitus interruptus der öffentlichen Art." Sie hielt die Hände, als hätte sie eine Kamera in der Hand und sei Fotografin. „Hey, Tiger! Überraschung! Du bist jetzt live auf Sendung! Da musste er ja belämmert gucken."

Marie schüttelte sich vor Lachen.

„Ich frag mich bloß", Annike kratzte sich am Kinn, „warum der im Supermarkt einkauft. Dafür ist er doch eigentlich viel zu fein."

„Gerade solche Leute, die nach außen hin so einen Hype veranstalten und die Kreditkarte kreiseln lassen, sind meist von Grund auf geizig, was die normalen Dinge des Lebens betrifft."

Freitagabend war Marie geschafft und wäre am liebsten daheim geblieben. Aber ihr Gernot strotzte vor Energie, als er sie abholte. „Ich habe für acht Uhr reserviert." Dann stutzte er. „Du bist ja noch gar nicht angezogen."

Ein wenig verlegen meinte Marie: „Ich hab gedacht, vielleicht lassen wir uns doch das Essen kommen, ich bin ziemlich erledigt."

„Och nö, Süße! Ich hab mich so darauf gefreut." Er nahm sie in die Arme und küsste sie zärtlich.

„Überredet! Ich ziehe mich um."

Etwas später saßen beide in ihrem Lieblingsrestaurant, und Marie freute sich dann doch, seinem Wunsch nachgekommen zu sein. Die Tische waren weihnachtlich geschmückt, Kerzen leuchteten, es duftete herrlich und sie stießen mit einem Glas Rotwein an.

„Es gibt eine Neuigkeit", verkündete Gernot. „Wir können schon am ersten April oder vielleicht noch etwas eher in die Wohnung. Der Vorbesitzer ist endgültig Ende Februar aus, dann sehen wir, was renoviert werden muss, lassen das in Ruhe machen und ziehen gemütlich in unser gemeinsames Reich."

Er strich ihr liebevoll über die Wange. „Ich habe mir auch schon ein paar Gedanken gemacht. Wir sollten uns überlegen, wann wir denn jetzt heiraten und wo wir dafür hinreisen."

Etwas abrupt setzte Marie ihr Glas ab. „Wie? Wo wir hinreisen?“

„Bloß keinen Trubel! Wir heiraten an irgendeinem schönen weißen Sandstrand unter Palmen oder wir fliegen in die USA.“

„Sag jetzt nicht Las Vegas!“

„Warum nicht, Schatz?“

„Also, ich bitte dich, Gernot! Ich in so einer Bling-Bling-Stadt! Da wäre ich total verkehrt. Das kann ich mir nicht vorstellen. Womöglich noch mit einem Pseudo-Elvis. Ich habe das Bild vor Augen: Wir zwei allein, ohne Familie in einer leeren Wedding Chapel, aber mit Elvis! Wie trostlos! Außerdem, meine Eltern reisen aus gesundheitlichen Gründen schon nicht mehr mit in den Winterurlaub in die Schweiz, wie sollen sie denn dann einen Langstreckenflug überstehen?“

„Deine Eltern – ich mag sie ja, aber *wir* zwei heiraten schließlich! Es ist unser Tag! Meine werden auch nicht dabei sein ...“

Erstaunt unterbrach sie ihren Freund. „Du willst mir doch jetzt nicht verklickern, dass meine Eltern nicht auf unserer Hochzeit dabei sein werden?“

„Meine lade ich auch nicht ein. Wir können hinterher mit ihnen essen gehen.“

Die Vorspeise wurde serviert, aber sie wirkte plötzlich deutlich geschmackloser als sonst. Gernot bemerkte ihre traurige Stimmung und bekam so gerade eben die Kurve. „Ach Schatz, wir brauchen darüber im Augenblick auch gar nicht reden. Bis dahin fließt noch jede Menge Wasser die Elbe hinunter.“

Marie nickte nur. Was wunderte sie jetzt eigentlich? Gernot war von jeher ein sehr nüchterner, reduziert gefühlvoller Mensch. In den letzten Jahren hatte sie seine klare Sachlichkeit – nicht unbedingt immer – aber durchaus oft geschätzt. Aber jetzt? Irgendetwas hatte sich in ihr verändert.

Gedankenvoll griff sie zu ihrem Rotweinglas und hielt es ein wenig ins Kerzenlicht. Wie satt der Rotwein glänzte!

Gernot aß mit Appetit und wechselte dabei auch das Thema. „Du solltest deine Wohnung unbedingt kündigen."

Das nahm Marie zum Anlass, ihm von der erneuten Erhöhung der Miete zu erzählen.

„Damit hast du dann nicht mehr lange zu tun", war Gernots sachliche Bemerkung. „Was möchtest du denn gleich für ein Dessert? Zabaglione oder lieber Panna Cotta? Heute gibt es auch ein wunderbares Zimt-Parfait, habe ich gehört."

Aber irgendwie war Marie der Appetit vergangen. Sie stolperte über seine Aussage zu ihren Eltern. Wie sollte sie ihnen das denn beibringen? Bei der Hochzeit der einzigen Tochter nicht dabei! Nein, das ging gar nicht! Hier war jedenfalls das letzte Wort noch nicht gesprochen.

Ehe sie sich versah, hatte Gernot nicht nur für sich, sondern auch für sie ein Zimt-Parfait bestellt. Immerhin gut gewählt, denn es schmeckte hervorragend.

Später waren sie bei Marie im Wohnzimmer und nahmen noch einen Absacker. Diesmal servierte Marie den aber nicht in ihren teuren Gläsern, sondern wich auf andere aus. Das bemerkte auch ihr Freund.

„Ach, weißt du", antwortete sie ihm auf seine

Frage, „ich will die Teile hinterher nicht handspülen, sondern nur in die Maschine stellen. Ich bin schlichtweg müde."

Das war zwar nicht ganz gelogen, entsprach aber auch nicht wirklich der Wahrheit. Sie verspürte irgendwo tief in ihrem Inneren, ihr Freund hatte heute ein kostbares Glas nicht verdient.

Sie schliefen, wie es freitags üblich war, zusammen. Aber dieses Mal empfand Marie weniger Genuss. Noch konnte sie das irritierende Gefühl nicht richtig einschätzen.

Doch plötzlich wurde sie mit der Nase darauf gestoßen, denn Gernot sagte unvermittelt: „Was wollte der Bulle eigentlich in eurem Geschäft?"

♥ 16 ♥

Mit wenigen neutralen Worten erklärte Marie die Bekanntschaft mit Marvin. Das ließ die Stimmung kippen, denn so erfuhr Gernot unweigerlich, dass seine Freundin gar nicht daran dachte, die neue Freundschaft zu der alten Dame samt Enkel zu beenden.

„Nun hör bitte auf, Gernot!“, wehrte sich Marie. „Ich schreibe dir auch nicht vor, mit wem du Kontakt haben darfst und mit wem nicht.“

„Manchmal erscheinst du mir ein wenig verblendet. Oder ist es, weil du nächstes Jahr vierzig wirst? Eine gewisse Art des Samariter-Daseins gepaart mit einem Hauch Alterssenilität erobert dann anscheinend das Frauen-Leben. Oder ist es die Veränderung der Hormönchen?“

„Jetzt werde nicht albern, Gernot! So abgedroschene Phrasen und saublöde Kommentare kannst du dir sparen!“

Ihr tat es nun leid, dass sie ihm von ihrem Geschäftsausflug nach Hamburg und damit zwangsweise gekoppelt von Emilies Schmuck berichtet hatte.

„Und überhaupt“, nahm er das Thema noch einmal auf, „da siehste mal, so arm ist die alte Dame gar nicht. Sie macht einen auf Mitleid.“

„Du spinnst echt!“

„Naja, dann verdienst du wenigstens noch etwas an deinem Einsatz im Altenbereich."

Marie schluckte. „Darum geht es mir gar nicht." Sie behielt jedoch für sich, dass sie den Erlös des Schmuckes zu einhundert Prozent an Emilie geben würde. Und sie erzählte ihm auch nicht, dass sie Finn von Kopf bis Fuß eingekleidet hatte. Was wusste er schon von strahlenden, glücklichen Kinderaugen!

Gernot hörte nicht auf. „Darum geht es doch! Das Leben ist hart. Jeder muss sehen, wie er da durch kommt. Nur der eine kann es besser und der andere schlechter. Und ich kann es eben richtig, richtig gut."

„Und warum? Weil dein Vater seinerzeit den Bankdirektor kannte und du deshalb dort anfangen durftest."

Das war gegen Gernots ausgeprägtes Ego, und so drehten sich beide, auf ihre ureigene Weise angegrätzt, auf die entgegengesetzte Seite im Bett.

Aber es war auch wie immer, wenn sie sich stritten. Kurz danach hörte Marie die gleichmäßigen Atemzüge ihres Freundes mit Übergang ins Schnarchen, während sie gebeutelt wach lag.

Am anderen Morgen hatte sich Gernot gefangen. Er nahm sie noch im Bett in seine Arme. Er glaubte, dass sich nach der gefühlsduseligen Weihnachtszeit die ganze Sache eh in Wohlgefallen auflösen würde.

So war das Frühstück wieder harmonisch, bis Gernot sie informierte, er habe im Hotel angerufen und Massagen für sie bestellt und auch eine geführte Tagestour mit Langlaufski gebucht, die er schon im letzten Jahr im Blick gehabt hatte.

„Es wäre nett gewesen, wenn du mich vorher gefragt hättest."

Marie hatte keinerlei Lust, einen ganzen Tag lang durch die Walachei zu asten. Sie wollte die wenigen kostbaren Urlaubstage mit der sportlichen Abfahrt genießen, sich den Wind dabei um die Ohren blasen lassen, während sie die Hänge temporeich hinabjagte. „Warum machst du den Ausflug nicht allein?"

„Weil es ohne dich nur halb so viel Spaß macht. Komm schon, wir zwei werden das ausgiebig genießen."

Klar, ärgerte sich Marie. Er genießt und ich soll das mit einem Lächeln gut finden. Warum nur war ihr vorher nicht derart deutlich aufgefallen, dass er in ihrer Beziehung die Richtung ohne viel Rücksichtnahme vorgab?

„Gernot, du kannst nicht einfach über meine Zeit bestimmen!"

Er stupste ihr auf die Nasenspitze. „Ach Schatz, du bist so süß, wenn du dich aufregst."

Das Frühstück hatte sich für sie erledigt. Sie leerte ihre Kaffeetasse. „Ich muss mich beeilen." Mit diesem Hinweis begann sie abzuräumen.

Gemeinsam verließen sie wenig später das Haus. Gernot gab ihr einen Abschiedskuss, so als wäre nichts gewesen. „Bis heute Abend. Ist sechs okay?"

Sie nickte nur.

Die kurze Fahrt ins Geschäft sorgte dafür, dass sich Marie nunmehr richtig ärgerte, als sie die Situation noch einmal Revue passieren ließ.

Da rief er einfach in dem Hotel an! Das war *ihre* Adresse! Ihre Familie machte dort schon über dreißig Jahre Urlaub. Nun gut, ihre Eltern seit einigen Jahren leider nicht mehr, aber sie! Warum sprach er das nicht mit ihr ab? Sie empfand sein Handeln als einen Eingriff in ihren Hoheitsbereich. Er war schließlich neu dazugekommen, führte sich allerdings auf, als würde *er* schon ewig dorthin reisen – und *sie* wäre sein Gast.

Der Vormittag versöhnte sie immerhin mit guten Umsätzen. Annike und sie hatten gut zu tun.

Gegen elf öffnete sich die Tür und Marvin kam in Uniform herein.

„Ah, die Taschenuhr!“ Marie lächelte ihn an. Wie gut er aussah! Sie mochte seine unaufgeregte Art. „Ich habe sie dir zurückgelegt.“ Sie griff unter die Theke, holte ein Kästchen hervor und drückte es ihm in die Hand.

„Oh schön! Genau so habe ich mir sie vorgestellt. Da wird sich mein Vater freuen! Ich sehe schon seine Augen am Heiligabend leuchten, wenn wir zusammen sitzen und Geschenke auspacken. Das wird bei uns immer zelebriert.“

Diese Worte trafen Marie seltsam. Sie würde Heiligabend mit Gernot in einem Hotelrestaurant sitzen, festlich aufgestylt. Auf einmal überkam sie eine fast schmerzende Sehnsucht nach ihren Eltern. In den letzten drei Wochen war sie nicht bei ihnen gewesen, hatte nur zweimal recht kurz mit ihrer Mutter telefoniert.

„Soll ich sie dir einpacken?“

„Das wäre schön. Aber Halt“, reflexartig legte er seine Hand auf ihre, „ich muss erst den Preis wissen.“

Ein warmes Gefühl floss über Maries Hand in ihren Körper. Es tat so gut. Dann war dieser Augenblick vorbei.

Sie sagte ihm die Summe, er nickte erleichtert und zog sein Portemonnaie. Geldscheine wechselten die Seiten.

Marie berichtete ihm von ihrem Besuch bei Emilie und ihrer gemeinsamen Fahrt nach Hamburg am kommenden Montag. Ganz im Gegensatz zu Gernot fand er diese Idee großartig.

„Das finde ich super von dir, Marie! Emilie wird nicht nur die finanzielle Seite erleichtert, sie kommt ebenfalls einmal raus aus ihrer kleinen Welt. Das wird sie sicherlich sehr genießen. Ich habe mich auch schon gefragt, wie man sie erfreuen kann. Was meinst du, wenn ich mit beiden auf den Weihnachtsmarkt gehen würde, wäre das was?"

„Das ist doch eine tolle Idee! Wann planst du das denn?"

„Ich habe an Sonntagnachmittag gedacht. Das Wetter soll am Wochenende kalt, aber sonnig sein."

„Ich bin zwar abends bereits verabredet, am Nachmittag könnte ich eine Stunde mitkommen." Gernot würde, wie immer, nach einem ausgiebigen Frühstück fahren und sie trafen sich am frühen Abend wieder. Passt!

Man sah, dass Marvin sich sichtlich freute. „Sollen wir sagen um zwei bei Emilie?"

„Ja, gern!"

Während sie die schöne Taschenuhr verpackte, fühlte sie seine Blicke auf sich ruhen.

Sie reichte ihm das Geschenk mit einem liebevollen Lächeln. Er nahm es entgegen, zögerte dann einen Moment.

„Marie?"

„Ja?"

„Nächste Woche haben wir abends traditionell unsere kleine Weihnachtsfeier auf der Wache. Jeder bringt seinen Ehepartner oder Freund beziehungsweise Freundin mit", er zögerte kurz, „oder auch liebe Bekannte. Hättest du Lust, mit dabei zu sein?"

„Mensch, Weihnachten kommt mit Riesenschritten näher!" Marie sah auf den Kalender. Wochentags. Prima. Da gab es keinen Gernot in ihrem Leben. „Ich komme gerne mit", lächelte sie ihn fröhlich an. „Gibt es einen Dresscode?"

Das Klingeln der Ladentür war zu hören. Freundlich blickte Marie auf, aber ihr Lächeln erstarb. Gernot kam herein. Er sah die Uniform, seine Gesichtszüge verhärteten sich, jedoch nur für einen Augenblick.

Mit dem gewohnt berstenden Selbstbewusstsein kam er mit großen Schritten direkt hinter die Theke und küsste Marie auf die Wange.

„Na Schatz? Alles im grünen Bereich? Ich habe eine schöne Idee für heute Abend."

♥ 17 ♥

Die Blicke von Marie und Marvin kreuzten sich. Sie erkannte herbe Enttäuschung in seinen Augen.

„Dann danke ich dir für die schöne Verpackung, Marie“, presste er heraus. „Da wird sich Weihnachten jemand sehr freuen. Bis bald mal!“

Schon drehte er sich um und verließ schnellen Schrittes das Geschäft.

„Für wen hat der denn was gekauft?“ Gernot war neugierig.

„Keine Ahnung, so privat sind wir nicht.“ Damit drehte sich Marie um und ging zum Schaufenster, anscheinend, um ein paar Glasdekorationen an dem Weihnachtsbaum noch verkaufsträchtiger zu positionieren. Dabei warf sie einen Blick aus dem Fenster und sah Marvin in den Streifenwagen steigen.

So ein elender Mist! Normalerweise kam Gernot so gut wie nie ins Geschäft. Nun war er kurz aufeinanderfolgend schon zweimal hereingeschneit. Hereingeschneit klang witzig, wenn die Situation nicht so unglücklich gewesen wäre. Und diesen Auftritt gerade, den hatte er doch extra hingelegt!

„Ich sehe, du bist beschäftigt“, meinte ihr Freund nun. „Dann bin ich wieder verschwunden. Bis sechs.“

„Bitte erst um acht. Ich möchte noch bei meinen Eltern vorbei.“

Gernot schaute irritiert. „Aber gerade hast du ...“

„Um acht bitte!“ Diese drei Worte waren so gesprochen, dass sie keine Ablehnung duldeten. So nickte er.

Als er gegangen war, holte Marie tief Luft. Warum war Gernot nicht zehn Minuten später erschienen? Murphys Gesetz! Was dachte er sich eigentlich? Sie vor Kundschaft zu küssen! Das würde sie sich für die Zukunft verbitten!

Plötzlich war es da, das Wort Zukunft. Und es trug auf einmal ein Riesenfragezeichen.

Während Annike nach Geschäftsschluss von ihrem Mann abgeholt wurde und beide noch über den Weihnachtsmarkt schlendern wollten, hastete Marie zu ihrem Auto und fuhr zu ihren Eltern. Die waren überrascht, ihre Tochter unangekündigt zu sehen.

„Ist was passiert?“, fragte ihre Mutter direkt besorgt.

„Nein, ich hatte Sehnsucht nach euch.“ Für diesen Satz kassierte sie erstaunte Blicke.

Dann saßen sie gemeinsam bei selbst gebackenen Weihnachtsplätzchen im Wohnzimmer.

„Mmh, gut!“, schwärmte Marie. „Wie früher.“

„Nur früher waren wir öfter zusammen.“ Ihr Vater fand wie stets deutliche Worte.

„Was gibt es denn bei euch zu Weihnachten?“, fragte Marie betont fröhlich.

„Wir haben uns für Ente entschieden. Ein Truthahn ist uns einfach zu groß. Wir essen zu lange daran, und abgeben können wir dir auch nichts, du kommst ja erst im Januar wieder“, erklärte ihre Mutter.

Auf einmal überkam Marie wieder diese Sehnsucht. Sehnsucht nach Familie zu Weihnachten, nach einem von Mama gekochten Festtagsessen, ohne aufgebrezelt an einem Tisch sitzen zu müssen, nach zwangloser Gemütlichkeit, nach alten Weihnachtstraditionen. Winterwetter gab es hier auch genug. Was würde ihr fehlen? Das Skifahren! Eigentlich könnte sich auch gut nach den Feiertagen dort anreisen. Gott, was war nur schiefgelaufen die letzten Jahre?

„Was ist los, Marie? Du sagst gar nichts mehr." Ihre Mutter blickte sie prüfend an.

„Entschuldigung, Mama, irgendwie war ich in Gedanken. Alles etwas trubelig zurzeit."

Ihr Vater stand auf und holte noch Kaffeenachschub aus der Küche. Mit leisem Schrecken sah Marie ihm nach. Er war alt geworden – oder beutelte ihn seine Krankheit so? Auf einmal kam sie sich richtig schäbig vor. Ihre Eltern hatten mehr Aufmerksamkeit verdient, als alle paar Wochen mal eben vorbeischauen.

„Wann fahrt ihr los?", fragte ihre Mutter.

„Wie immer." Doch dann setzte sie noch etwas hinzu, von dem sie selbst überrascht war. „Aber in diesem Jahr habe ich irgendwie überhaupt keine Lust. Ich wäre viel lieber bei euch."

Auf dem Heimweg lief so etwas wie ein Film vor ihrem geistigen Auge ab. Sie sah ihre Eltern allein am Esstisch sitzen, genau wie Emilie und Finn. Gernot und sie saßen steif am festlich eingedeckten Hoteltisch und ließen sich dort mit hervorragender Kochkunst bedienen – wobei sie jetzt schon wusste, dass er an jedem einzelnen Gang etwas zu meckern haben würde. Hauptsächlich an den Mengen. Er verstand einfach nicht, dass Sterneküche nicht sonderlich üppig ist. Bei Mama daheim konnte man sich halt rund und kugelig futtern mit mehrmaligem Nachschlag, das funktionierte dort nicht.

Und Marvin? Der würde gemäß den Erzählungen bei seinen Eltern sein, gemütlich plauschen und es sich gut gehen lassen.

Schlagartig wurde ihr bewusst, dass ihr lockeres Klönen, der familiäre angeregte Austausch, an so einem Festtag fehlte. Gernot und sie hatten an den Weihnachtstagen nur sich.

In diesem Moment fasste sie die Exklusivität, die sie sich leisten konnten, auch ein bisschen als selbst gewählte Einsamkeit und Abgrenzung auf.

Ich habe keine Lust mehr auf diesen Urlaub, war die Essenz ihrer Gedanken, als sie auf den heimischen Parkplatz fuhr.

Gernot war schon da, in ihrer Wohnung brannte Licht. Er begrüßte sie zwar liebevoll, jedoch nicht ohne Seitenhieb. „Du bist aber spät!“

„Ich glaube, es wird glatt, ich bin ganz vorsichtig gefahren.“ Und auch diese Notlüge, damit bloß keine weitere Diskussion in Gang kam, empfand sie auf einmal als schrecklich. Warum eigentlich sollte sie sich rechtfertigen, weil sie ihre Eltern besucht hatte?

So entschied sie sich um. „Natürlich nicht. Ich habe eben ein bisschen mehr Zeit bei meinen Eltern verbracht. Und? Ist das jetzt schlimm?“

Maries Ton ließ Gernot aufhorchen. „Was bist du denn so rabbelig?“

„Bin ich nicht, nur mag ich beim besten Willen

nicht wegen“, sie sah auf ihre Armbanduhr, „sieben Minuten eine Grundsatzdiskussion auf den Weg bringen, der uns den Rest des Samstagabends beschäftigt. Du hast doch keine Einbußen gehabt. Du hattest es warm und wie ich sehe, hast du auch schon was Trinkbares gefunden.“

Sie warf einen leicht missbilligenden Blick auf sein gut gefülltes Ginglas. „Ich habe heute Abend an Baguette, Käse und Rotwein gedacht.“

„Eigentlich hätte ich Hunger auf was Warmes“, traute er sich noch zu sagen.

„Dann mache ich für dich eine Dosensuppe auf. Kochen werde ich nicht mehr, der Tag war anstrengend genug.“

Gernot traute seinen Ohren nicht, wagte aber auch nicht, dagegen etwas zu sagen. Was war nur mit seiner Freundin los?

Und dann machte er *den* Kardinalsfehler, indem er meinte, einen giftigen Satz loswerden zu müssen: „Seitdem du diese ominöse alte Dame kennengelernt hast, bist du völlig verändert. Ich möchte, dass du den Kontakt abbrichst.“

Da baute sich Marie vor ihm auf, die Hände in die Hüften gestemmt. „Du glaubst allen Ernstes, *du* kannst mir jetzt und in Zukunft vorschreiben, mit wem ich Umgang pflege und mit wem nicht?“ Ihre Augen funkelten gefährlich.

„Ich finde aber ...“

„Du hast nichts zu finden! Ich entscheide über mein Verhalten selbst. Alt genug dafür bin ich schließlich.“

„Ach, deshalb kleidest du jetzt auch kleine Jungs ein, oder was?“ Mit energischen Schritten ging er zur Küchenablage und hob fast triumphierend den

Kassenzettel des Sportgeschäftes hoch.

Oh Mist, dachte Marie, den habe ich vergessen wegzuräumen. Und normalerweise kam Gernot erst, wenn sie bereits daheim war. Tage wie dieser waren die große Ausnahme.

Na gut, jetzt war es eben so. Aber auch hier würde sie sich nicht rechtfertigen. Eine außergewöhnlich neue, innere Kraft strömte durch Marie. Sie ging auf ihn zu, riss ihm den Zettel aus der Hand. Schublade auf, Beleg hinein, Schublade zu.

„Es geht dich nichts an, was ich mit meinem selbst verdienten Geld mache, Gernot", kommentierte sie ihr Tun.

Obwohl Gernot später einlenkte, war Marie für den Rest des Abends ziemlich reserviert. Schmuseversuche seinerseits würgte sie im Ansatz ab.

Er versuchte spielerisch, sie zu kitzeln. „Ach komm, Schatz, vergessen wir das. Es ist Wochenende! Und in Kürze haben wir viel Zeit für uns."

Da fiel Marie die Tagestour wieder ein. „Hast du die Tour abgesagt?"

„Welche Tour?"

„Na die mit den Langlaufskiern. Ich habe dir gesagt, ich möchte das nicht."

„Aber Marie, das wird schon schön! Man muss alles mal gemacht haben. Wenn sie dir nicht gefällt, brauchen wir sie im kommenden Jahr nicht wiederholen."

Marie verabschiedete sich wenig später mit plötzlich aufgetretenen, rasenden Kopfschmerzen Richtung Bett. Gernot blieb allein und etwas bedröppelt vor dem Fernseher sitzen.

Auch am Sonntagmorgen hatte sich die Stimmung nicht wirklich verbessert. Gernot kam nochmals auf das Thema Emilie zurück und verlangte von Marie erneut die Einstellung des Kontaktes.

„Erst einmal passt das nicht in unser soziales Gefüge, außerdem ist das ein Fass ohne Boden, die will dann immer mehr."

Diese Ungerechtigkeit ließ Marie richtig wütend werden. „Wenn etwas absolut nicht der Wahrheit entspricht, ist es das!" Sie verkündete ihrem völlig verdatterten Freund: „Wir sollten beide dringend über uns und unsere Wünsche an das Leben nachdenken. Ich möchte jetzt einfach alleine sein. Fahr bitte nach Hause, Gernot."

♥ 18 ♥

Völlig überrumpelt und ohne gewohntes gemeinsames Sonntagsfrühstück hatte Gernot wortlos die Wohnung, die Tür dabei heftig knallend, verlassen.

Erstaunlicherweise empfand Marie Erleichterung. Mit sich und ihren Gefühlen aber keinesfalls im Reinen, kullerten ihr Tränen die Wangen hinunter. Drama vor Weihnachten, und das selbst inszeniert. Und nun?

Nachdem sie einen Kaffee getrunken hatte, der Appetit war ihr vergangen, griff sie zum Telefon.

„Hallo Emilie, geht es dir gut?"

Sie plauschten eine Weile, wobei Emilie sich natürlich herzlich für die Komplett-Ausstattung von Finn bedankte. Sie machte zwar einen Ansatz, um einen Teil der Kosten zu übernehmen, aber Marie drohte ihr. Wenn sie sich noch ein bisschen wehren würde, dürfe sie am Montag früh nicht mit nach Hamburg. Da lachte die alte Dame und das Thema war gegessen.

„Bleibt es dabei, dass ihr heute mit Marvin zum Weihnachtsmarkt geht?"

Erstaunt erfuhr nun Emilie, dass er in ihrem Geschäft gewesen war und ihr davon erzählt hatte.

„Ich würde gerne mitkommen", hörte Marie sich sagen. Ihre Stimme verriet durchaus eine leichte

Aufregung.
„Darüber freue ich mich sehr. Was wird das für ein schöner Nachmittag! Aber eins, liebe Marie, lasse ich mir dann nicht nehmen! Wir gehen ein Gläschen Glühwein trinken und den bezahle ich.“ Und sie setzte ganz bestimmend hinzu: „Keine Widerworte! Ich bestehe darauf!“

So stand Marie mit klopfendem Herzen bereits um halb zwei vor Emilies Haustür.
„Komm schnell rein!“, Emilie zog die Schultern hoch. Sie fröstelte, weil die kalte Luft wie ein Schwall ebenfalls Einlass begehrte. „Du siehst gut aus.“
„Ja?“ Marie sah sie freudig an. Zugegeben, sie hatte sich auch gestylt. Sie trug ihre Lieblingsjeans mit warmen Winterstiefeln, darüber eine weiße wattierte Winterjacke. Schal und Mütze gehörten zusammen, sie hatten einen kräftigen königsblauen Ton, und kleine Strass-Steinchen funkelten in loser Folge darauf wie glitzernde Schneeflöckchen.
Sie war stärker als sonst geschminkt, hatte sie doch das Manko, dass kalte Luft ihr Gesicht sofort fleckig rot erscheinen ließ, von der Nase erst gar nicht zu sprechen, die leuchtete dann gerne wie die von Rudi, dem Rentier. Das Make-up verhinderte diese unschöne Winter-Gewohnheit ihrer Haut zum größten Teil. Warum nur hatten viele Frauen dieses Problem nicht? Sie waren einfach winterschön – sie jedoch winterrot!
Beide gingen ins Wohnzimmer, wo Finn direkt auf sie zustürmte. „Ich habe gehört, dort gibt es auch ein Kettenkarussell! Gehst du mit mir da rein?“

Marie schluckte. „Nee du, mir wird in Karussells immer schlecht.“

„Oh menno!“

Emilie tröstete Finn. „Marvin wird sicherlich mit dir eine Runde drehen. Und nun zieh dich an, damit wir loskönnen, wenn er kommt.“

Finn verschwand in seinem Zimmer.

Marie kuschelte Minni und Lela, die auf sie zugesprungen kamen. „Irgendwie sind sie jedes Mal ein Stückchen gewachsen.“

„Im Augenblick sieht es lustig aus. Die Beine wirken für den Körper zu lang, aber das gibt sich auch wieder. Es ist wirklich schön, Katzenkinder aufwachsen zu sehen. Jeden Tag erlebt man Neues mit ihnen. Sie erwärmen das Herz.“

Man sah Emilie die Zuneigung zu den beiden Miezchen an. Lela schien das zu verstehen. Mit hochgerecktem Schwanz und Buckelchen strich sie miauend um Emilies Beine. Emilie bückte sich und kraulte ihr Köpfchen, worauf Lela ihre Augen schloss und zufrieden zu schnurren begann.

Es klingelte. Das konnte nur Marvin sein. Wie auf Kommando schlug Maries aufgeregtes Herz im doppelten Rhythmus.

Sie hörte fröhliches Gelächter im Flur, dann trat Marvin ins Wohnzimmer. Man sah ihm seine Überraschung an.

„Hallo Marie, du bist doch gekommen?“

„Warum sollte ich nicht?“

„Nun, ich dachte, du gehst lieber mit deinem Freund zum Weihnachtsmarkt.“

Marie fiel ihm ins Wort. „Es ist vielleicht nicht so, wie du denkst, beziehungsweise muss ich dir in ei-

ner ruhigen Minute etwas erklären."
Marvin nickte nur und wandte sich dann an Finn, der schon hibbelnd neben ihm stand. „Alles fertig? Los geht`s!"
Finn zupfte ihn an seiner Jacke. „Hast du gesehen, ich habe einen neuen Anorak, und die Hose ist auch neu!"
„Die Schuhe sicherlich ebenfalls", Marvin grinste ihn an.
„Jaaa!"
Finn so glücklich zu sehen, berührte Maries Herz ganz intensiv und sie verspürte eine Welle der Zuneigung für diesen aufgeweckten kleinen Kerl.
„Ich hab die tollen Sachen alle von Marie bekommen", ließ Finn Marvin wissen.
Marvin drehte sich zu ihr. „Das ist wirklich nett von dir."
Sie winkte verlegen ab. „Nicht der Rede wert. Alles Sonderangebote. Geht es denn jetzt endlich los? Mir ist höllisch warm."
Emilie lachte. „Pech, warum hast du dich nicht entblättert, als du kamst?"
Nun stach Marie der Hafer. „Daran ist nur Marvin schuld! Er ist zu spät."
Verdattert sah Marvin auf seine Armbanduhr. „Es ist fünf nach zwei."
„Eben! Der Termin war um zwei."
„Hast du schon mal was von der akademischen Viertelstunde gehört?"
„Die ist bei einem Weihnachtsmarkt-Besuch außer Kraft gesetzt."
„Aha. Wieder was gelernt. Dann muss ich mich wohl mit einem Glühwein entschuldigen."
„Nein", protestierte Emilie umgehend, „den gebe

ich aus.“

„Auch gut. Dann spendiere ich eine heiße Kartoffel.“

„Oh ja ja jaaa“, freute sich Finn. „Die mag ich. Mit Kräuterquark und Käse drauf.“

„Dann los!“ Marvin hielt seinen Autoschlüssel hoch. „Marie, wann bekommst du denn deinen eigenen Wagen zurück?“

„Morgen.“

Der Weihnachtsmarkt war naturgemäß am Sonntag gut besucht. Der strahlend blaue Winterhimmel sorgte noch einmal für einen Besucherschub. Die Sonne lachte zwar, aber schickte kalte Strahlen, und man sah die Atemwölkchen der Besucher, die in dicke Jacken und Mäntel samt Schals, Mützen und Handschuhe eingemummelt waren.

Die Weihnachtsbüdchen präsentierten sich mit einer malerischen Schneehaube, sie hörten an jeder Ecke Weihnachtsmusik von althergebracht bis modern.

Und erst die Düfte! Hier Glühwein und Kakao, dort gebrannte Mandeln oder Crêpes, wieder ein Stückchen weiter Herzhaftes, wie Bratwürstchen und geschmorte Champignons.

Finn hatte das Kettenkarussell entdeckt und bettelte um eine Fahrt. Marvin ließ sich gern breitschlagen.

Emilie und Marie standen davor und winkten ihnen. Der Kleine winkte fröhlich zurück.

Für Emilie war Marie eine Spur zu ruhig. Deshalb fragte sie: „Was ist los, Marie? Ich spüre doch, dass etwas nicht ganz in Ordnung ist.“

„Es ist nichts, es war nur eine anstrengende Woche“, versuchte sie sich herauszureden.

Das ließ Emilie aber nicht gelten. „Es ist wegen Marvin, nicht? Und deinem Freund.“

Entgeistert sah Marie ihre alte Freundin an. „Woher weißt du?“

„Ach, mein Mädchen“, Emilie tätschelte ihr die Schulter, „ich war ebenfalls einmal jung. Und ich musste mich zwischen zwei Männern entscheiden. Meinem Verlobten und meinem späteren Mann. Ich habe damals einen Skandal verursacht, kannst du dir sicherlich vorstellen. Eine Verlobung kündigte man nicht so einfach auf. Aber ich habe mit meinem Herzen entschieden. Und es war richtig so. Ich habe es nie bereut.“

Das glaubte Marie aufs Wort, denn sie lächelte glücklich in sich hinein.

„Ich bin total durcheinander, Emilie. Mit Gernot bin ich schon fast acht Jahre zusammen, wir wollen zusammenziehen, er hat eine Wohnung gekauft. Und er spricht von Heirat. Das Schlimme ist“, sie überlegte nur eine Millisekunde, ob sie so offen und ehrlich sein sollte, „ich habe mich in Marvin verliebt. Er ist so ... so anders. In seiner Nähe fühle ich mich, ich weiß gar nicht, wie ich das richtig ausdrücken soll, irgendwie wohl.“

„Und bei deinem Gernot nicht?“

„Ich dachte es, aber das Kennenlernen von Marvin hat mir deutlich aufgezeigt, dass es nicht wirklich so ist.“

„Dann ist es gut, dass du es jetzt merkst, bevor es zu spät ist.“

Leider konnten sie das Gespräch nicht fortführen, denn das Kettenkarussell hatte seine Fahrt beendet und Finn stürmte auf sie zu. „Das war toll! Von oben seht ihr aus wie Playmobil. Krass!“

Liebevoll strich ihm Emilie über den Kopf.

Sie wanderten weiter. Leider erkannte Marie, dass Marvin sich von ihr fernhielt. Er war entweder an der Seite von Finn oder von Emilie.

Dann kamen sie an einem Stand mit Lebkuchen-Naschereien vorbei. Marvin blieb stehen und griff nach einem der vielen Herzen, die dort an einem Ständer hingen. Es trug die Aufschrift: *Du bist mein Stern.*

Maries Herz schlug plötzlich schneller.

♥ 19 ♥

Marvin lächelte, nahm es ab und hängte es Emilie um den Hals. Er griff ein Weiteres: *Mein Held.* Das bekam Finn. Dann zögerte er kurz. „Marie, darf ich dir auch eins schenken?“

Erleichtert nickte sie.

„Welches hättest du denn gern?“

Marie trat näher. Eigentlich standen nur blöde Sachen darauf. Sie las: *Mein Schatz, Bärlibär, Sweety, Hase, Zaubermaus, Süsser Teufel, Kleiner Schlingel, Sei mein, Küss mich.*

„Hm ...“, unschlüssig starrte sie auf die Lebkuchen mit den knallbunten Zuckerrändern.

Da nahm ihr Marvin die Entscheidung ab. Er pflückte ein Herz mit der Aufschrift *Du bist süß* ab. „Wäre das für dich okay?“

Abermals nickte sie und neigte den Kopf ein wenig, damit er es ihr umlegen konnte.

Dabei kam er ihr recht nahe und sie nahm einen leicht herben Duft wahr. Das gefiel ihr. Ob er ihr Parfüm auch bemerkte?

Er reichte dem Verkäufer das Geld, und die vier schlenderten weiter.

Marie war freudig gestimmt – zielsicher hatte er ein Herzchen gefunden, dass durchaus akzeptabel war. Aber viel wichtiger war ihr, dass sie überhaupt eins bekommen hatte!

Dann waren sie zu Finns Freude endlich am Kartoffelstand eingetroffen und der Kleine schabte glücklich mit dem Plastiklöffel in seiner Knolle mit Kräuterquark und Käsetopping herum. „Lecker ist die! Kartoffeln finde ich überhaupt klasse. Und wisst ihr was? Meine ist, glaube ich, am dicksten! Guck mal, Oma! Boah!"

Die Erwachsenen warfen sich amüsierte Blicke zu.

Hatte Marie allerdings geglaubt, Marvins Kauf des Lebkuchen-Herzens würde diesen eigenartigen Abstand zwischen ihnen verringern, täuschte sie sich. Marvin war wieder an der Seite Emilies, nicht an ihrer.

Die Sonne versteckte sich nun immer öfter hinter dicken Wolken. Langsam senkte sich die Dämmerung hernieder, es wurde empfindlich kalt, und es begann erneut ganz leicht zu schneien.

Sie hatten in der Zwischenzeit Glühwein getrunken, wobei Marvin die alkoholfreie Variante wählte. Emilie und Marie gönnten sich danach einen heißen Eierpunsch, und sie verspürten noch Hunger – nun ja, eigentlich mehr Finn – fanden sich am Bratwurst-Stand wieder, und auch dem Crêpes-Büdchen statteten sie einen Besuch ab. Dann war selbst Finn abgefüllt.

Er wollte gerne ein weiteres Mal in das Kettenkarussell, aber das lehnte seine Großmutter vehement ab.

„Nein, Finn, keinesfalls! Du hast den Bauch so voll! Da wird dir schlecht oder du kotzt."

Sie ließ sich auch von seinen Protesten nicht erweichen. „Hör auf zu quengeln, Finn, du warst bereits im Kettenkarussell und gut jetzt!"

Er warf ihr einen prüfenden Blick zu, merkte jedoch deutlich, dass nichts mehr zu machen war und gab auf.

Finn hatte dann noch Glück. Ein Weihnachtsmann mit einem prall gefüllten Jutesack lief über den Markt und verteilte Geschenke an Kinder. Auch Finn bekam eine bunte Tüte in die Hände gedrückt. Artig bedankte er sich. Aber kaum hatte der Nikolaus sich umgedreht, wühlte er interessiert in der Tüte. „Lecker. Gummibärchen. Ah ... und Schokolade. Die Apfelsine schenke ich dir, Oma."

Marie warf beim Verlassen des Weihnachtsmarktes nochmals einen Blick über die Schulter zurück. Wie hübsch die verschneiten Buden aussahen, das warme Licht leuchtete weihnachtlich zu ihnen herüber und sie hatte immer noch die verschiedenen aromatischen Düfte in der Nase.

Sie hatte nach Herzenslust geschlemmt. Wäre Gernot mit dabei gewesen, hätte er sie sicherlich wieder auf die Kalorienzahl, die sie sich da gerade einverleibte, hingewiesen. Das war zwar immer scherzhaft und überhaupt nicht böse gemeint, veranlasste sie jedoch meist, auf etwas zu verzichten, was sie sich sonst noch gerne gegönnt hätte.

Auf dem Rückweg überließ Marie Emilie den Beifahrersitz. Von hinten betrachtete sie das Haar von Marvin. Am liebsten hätte sie da jetzt einmal durchgewuschelt. Sie holte tief Luft. In was für ein Gefühlschaos war sie da gerutscht!

Emilie bemerkte das natürlich. „Was ist los?" Sie drehte sich zu ihr um.

„War ein Glücksseufzer, mehr oder weniger. Ich

fand es richtig schön mit euch."
Im Rückspiegel traf sie der Blick von Marvin.

Bei Emilie angelangt, sagten Marie und Marvin unisono, sie würden direkt fahren.

Marie drückte die alte Dame herzlich. „Ich hole dich morgen gegen neun ab, Emilie! Ich freue mich auf unseren Kurzausflug."

„Ich melde mich in dieser Woche noch einmal", Marvin umarmte Emilie ebenfalls und gab Finn einen freundschaftlichen Nuffer. „Hey Sportsfreund, deine Klamotten sind der Burner!"

Finn wurde gleich um einige Zentimeter größer.

„Die Zeit vergeht rasend schnell, nächstes Wochenende haben wir schon Heiligabend." Emilie schüttelte den Kopf, als könne sie es kaum glauben. „Marie fährt in Urlaub, aber wie feierst du denn Weihnachten, Marvin?"

„Gemeinsam mit meinen Eltern. Das möchte ich auch nicht missen. Ich liebe ein traditionelles Weihnachtsfest mit der Familie."

„Ich wünsch dir noch einen schönen Restsonntag", verabschiedete sich Marvin von Marie, als Emilie und ihr Enkel im Haus verschwunden waren.

„Dankeschön. Ich denke, ich werde es mir gemütlich machen und ein bisschen lesen." Vielleicht schlägt er noch etwas für eine gemeinsame Unternehmung vor, hoffte Marie, doch sie wurde enttäuscht.

„Ich hab mir einen Spielabend am Computer vorgenommen."

Marie kämpfte mit sich. Sollte sie ihn einladen? Innerlich tobte ein Sturm. Aber sie wagte es. „Oder magst du noch auf ein Glas Wein mit zu mir kommen?“

„Was meinst du, sagt dein Freund dazu?“

Wenn Marie viel erwartet hatte, diese Offenheit jedenfalls nicht.

Sie schluckte. „Warum fragst du das?“

„Nun, dreh es einfach mal um. Stell dir vor, ich lade dich ein, obwohl du genau weißt, dass ich fest verbandelt bin. Was würdest du da denken?“

Marie lief rot an, blieb ihm aber eine Antwort schuldig, der Kloß in ihrem Hals hinderte sie.

„Der will ein Abenteuer nebenbei, das wäre es doch, was *du* denken würdest, nicht wahr?“ Marvin sah sie durchdringend an.

War sie ehrlich zu sich, musste sie ihm zustimmen. Verlegen senkte sie die Augen.

„Siehste.“

Es gelang ihr nicht, die Tränen zurückzuhalten. Und schwupps, kollerte schon eine, ehe sie es verhindern konnte, die Wange hinab.

Da nahm er sie ganz vorsichtig in den Arm.

„Ich will dich nicht als Abenteuer“, hauchte sie. „Es ist nur ...“

Er fiel ihr direkt ins Wort. „Ich empfinde ebenfalls eine starke Anziehungskraft für dich, Marie. Das Gefühl war von Anfang an da. Irgendwie haben wir eine Wellenlänge. Aber eins muss ich dir auch ganz klar sagen: Ich mische mich nicht in eine bestehende Beziehung ein. Das bringt nur Probleme – und letztendlich bleibe ich auf der Strecke. Das will ich nicht.“

„Ich verstehe.“

Er gab ihr einen freundschaftlichen Kuss auf die Stirn, dann fragte er ganz neutral: „Wie bist du denn hierhergekommen? Fahren kannst du nicht mehr, du hast was getrunken."

„Mit dem Taxi, weil Emilie so gerne Glühwein trinken wollte."

„Na, dann komm, ich fahr dich eben heim."

Langsam tapste sie zu seinem Wagen und glitt auf den Beifahrersitz. Ihre Gedanken rotierten. Was war in den wenigen Adventstagen mit ihr und ihrem Leben passiert?

Sie sprachen unterwegs nur ein paar unverfängliche Worte, dann waren sie auch schon bei Marie angekommen. Sie war froh, aussteigen zu können.

Wie geprügelt schlich sie ins Haus.

Kaum in ihrer Wohnung, sie hatte ihre warme Winterjacke noch an, bimmelte ihr Handy.

♥ 20 ♥

Hektisch riss sie es aus ihrer Brusttasche. Gernot. Ausgerechnet!

Der sagte gar nicht erst Hallo, sondern konfrontierte sie gleich mit einer Beschwerde. „Ich hab bei dir auf Festnetz angerufen. Wo bist du denn eigentlich?"

Gerade noch hatte sie die warme Stimmlage von Marvin im Ohr, nun die quengelnde von ihrem Lebenspartner.

„Ich ... ich war ...", erst wollte sie sagen, sie sei bei ihren Eltern gewesen, dann aber entschied sie sich anders. Er legte ihr für seine Ausflüge auch keine Rechenschaft ab! Also warum sie? „Ich war unterwegs".

Es gab einen Moment Pause. Marie spürte Gernots Überlegung, wie er nun reagieren sollte.

„Marie, was ist los? Ich verstehe dich augenblicklich nicht! Wir sind kurz vor unserem Weihnachtsurlaub – und du schmeißt mich vor dem Frühstück raus."

Ach so, dachte Marie, wenn es ihm nur um das verlorene Brötchen samt Kaffee geht ...

„Was hältst du davon, wenn ich morgen Abend komme?"

„Gernot, morgen geht nicht. Ich fahre schon zeitig nach Hamburg, ich muss dort Schmuck schätzen lassen."

„Aber doch nicht bei dem Wetter!“
„Warum nicht? Die Autobahnen sind mittlerweile frei und ich denke, ich bin am Nachmittag wieder zurück.“
In dem Moment, wo sie es gesagt hatte, erkannte sie ihren Fehler. Und Gernot griff ihn natürlich gleich auf.
„Dann passt das doch mit morgen Abend.“
„Nein. Ich muss am Nachmittag im Geschäft präsent sein und falle sicherlich todmüde ins Bett.“
„Soll ich dich nach Hamburg begleiten? Ich habe ja bereits Urlaub.“
Na, das fehlte noch! Bewusst hatte sie nicht erwähnt, dass Emilie mitfahren würde. Das wäre im Augenblick nur unnötiges Konfliktpotential. Und sie brauchte jetzt einfach Ruhe, um sich klar zu werden, was sie eigentlich wollte.
„Nein. Ich lasse nur den Schmuck schätzen und fahre direkt wieder zurück.“ Sie wusste, dass sie einem ernsthaften Gespräch nicht ausweichen konnte, so schlug sie vor: „Dienstagabend wäre gut, gegen acht.“
„Sollen wir was essen gehen, Schatz?“
Sie überlegte kurz. „Das ist eine gute Idee.“
Noch einmal wollte Gernot auf das Thema der Hamburg-Fahrt eingehen, aber Marie würgte ihn ab. „Bis Dienstag dann.“
„Krieg ich keinen Kuss?“
Sie verdrehte die Augen, das konnte er ja nicht sehen, schickte ihm aber doch geräuschvoll einen Schmatzer durchs Telefon. „Also tschüss.“
Sie war nun vollends gefühlsverwirrt. Wie gut, dass sie heute kein einziges Wort mehr mit jemandem reden musste.

Die Jahre mit Gernot liefen wie ein Film bei ihr ab: Das Kennenlernen in der Bank, als sie zu einem Abend für besondere Geschäftskunden geladen war, und Gernot dort einen Vortrag über Anlagemöglichkeiten für Aktien hielt. Beim anschließenden Buffet waren sie ins Gespräch gekommen. Er hatte dann einen Teil ihres Geldes in einem Aktiendepot angelegt – und da war er echter Fachmann und Könner auf seinem Gebiet, denn ihr Vermögen hatte sich durchaus überproportional vermehrt.

Sie trafen sich öfter, entdeckten Gemeinsamkeiten und wurden ein Paar. Allerdings war Gernot immer der Bestimmende in der Beziehung. Zu Anfang fand Marie es nett und zudem erleichternd, dass er sich kümmerte, und sie endlich mal alles, was Männer normalerweise tun, aus ihrem Arbeitsfeld verbannen konnte. Darunter fielen so lästige Dinge wie Wagen zum Waschen oder zum TÜV fahren oder kleine technische Reparaturen. Mit den Jahren jedoch fühlte sie sich oft bevormundet. Er nahm ihr einfach zu viel aus der Hand.

Und nebenbei bestimmte er auch größtenteils die Abläufe im Privatleben. Wann sie wohin gingen, mit wem sie sich trafen und welche Urlaubsorte angesteuert wurden. Er hatte immer schlagende Argumente.

Zugegeben, es hatte ihr auch vorwiegend Spaß gemacht – und bei ihr hatte sich die Bequemlichkeit durchgesetzt, es so zu akzeptieren.

Lediglich den Weihnachtsurlaub, den übernahm er quasi von ihr und ihren Eltern. Im ersten Jahr ihres Kennenlernens fuhr er mit – da ging es ihrem Vater gesundheitlich noch gut, im zweiten blieben ihre Eltern bereits daheim.

Dachte sie nur einen Augenblick darüber nach, Weihnachten zu Hause zu verbringen, war es auf einmal Gernot, für den diese Möglichkeit gar nicht in Frage kam.

„Schatz, du brauchst den Urlaub, und du fährst so gerne Ski. Sei sicher, deine Eltern freuen sich, wenn du gut erholt wiederkommst. Und wir können doch Weihnachten mit ihnen nachfeiern."

Sie hatte sich überreden lassen. Nur, es gab nie eine Nachfeier. Ihre Eltern äußerten sich dazu mit keinem Wort, aber Marie fühlte, dass sie traurig waren. Es lag nicht an ihnen, Gernot war zu seinen eigenen Eltern genauso. Er meinte das noch nicht einmal böse, es war einfach eigennützig gedacht. Es war wohl ein Wesenszug von ihm, denn er hielt es auch bei Verwandtenbesuchen nie lange aus, drängte stets als Erster auf Verabschiedung.

All die Jahre war sie ohne Zweifel zufrieden gewesen. Aber restlos glücklich? Nun wurde ihr plötzlich der Unterschied zwischen Zufriedenheit und Glück deutlich.

Jedoch war sie an der Situation nicht ganz unschuldig. Sie hatte seine Macken einfach angenommen, sich selbst ständig zurückgestellt. Ihr war es wichtig, dass er sich wohlfühlte und die Wochenenden harmonisch waren. Wo aber war ihre eigene Verwirklichung geblieben?

Mit innerlicher Unruhe brühte sie einen Weihnachtstee auf. Der Duft nach Zimt, Kardamom und Sternanis zog angenehm durch ihr Wohnzimmer, als sie den Tee in ihre Lieblings-Wintertasse goss. Sie stellte sich ans Fenster, ihren Lieblingsplatz, wenn sie nachdenken wollte, und schaute hinaus in die Winterlandschaft, die so friedlich vor ihr lag. In ihr jedoch tobte ein Sturm, ein Gefühlssturm nicht gekannten Ausmaßes.

Zur gleichen Zeit, am anderen Ende der Stadt, war das Bild ähnlich. Auch Marvin stand in seiner kleinen Wohnung am Fenster, allerdings mit einem Glas Rum in der Hand. Er war ebenfalls innerlich aufgewühlt.

Die Frau, in die er sich heftig verliebt hatte, lud ihn ein und er lehnte ab. Warum?

Total edel von ihm, sich nicht in eine bestehende Beziehung einzumischen. Super gemacht, Junge! Er ärgerte sich mittlerweile immens, nahm einen großen Schluck Rum und schüttelte sich. Du Blödmann, du!

Warum hatte er nicht wie in seinem Beruf gehandelt? Nur der Schnellere gewinnt, ansonsten bist du weg vom Fenster! Und was hatte er mit dem anderen Kerl zu tun?

Marie hatte ihm von Anfang an gefallen, wie sie da in ihren Pumps auf dem Parkplatz rumgeschlittert war, um der Seniorin zu helfen. Er hatte direkt auf ihre Finger geschielt, aber nur Schmuckringe gesehen.

Irgendwie, empfand er, hatte er ein saublödes Alter. Normalerweise waren Frauen, die ihn interessierten, längst vergeben. Jetzt war eine noch nicht verheiratet – und er Dösbaddel nutzte seine Chance nicht. Der andere Mann hätte sicherlich nicht mit Edelmut gezögert, die Frau zu bekommen, die er begehrte. Konkurrenz? Wo? *Ich* bin der Held!

Sollte er sie anrufen? Er ging zum Tisch, um sein Handy zu greifen, legte es jedoch wieder weg. Er hatte ihr vor gar nicht mal einer Stunde einen Korb gegeben. Besser nicht. Er machte sich damit nur lächerlich.

So nahm er sich vor, sie vor ihrem Winterurlaub noch einmal anzurufen, um ihr ein schönes Weihnachtsfest und entspannende Urlaubstage zu wünschen. Das war unverfänglich – und hielt hoffentlich den Kontakt.

Marie schlürfte leicht an ihrem Tee, da er noch zu heiß war. Mmh, dieser Duft nach Weihnachten! Es war ein schönes Bild, die Tasse, aus der warme, wellige Hitzeschwaden stiegen, vor dem Fenster mit der kalten Schneelandschaft.

Dann schockte sie ein weiterer Gedanke, der ihr glasklar ihre persönliche Situation vor Augen hielt. Sie war im Beruf erfolgreich, weil sie Fachwissen *und* Gespür hatte. Eine sehr gute Kombination. Da war sie sich immer sicher. Privat jedoch gestaltete sich die Sachlage anders. Nur hatte sie es nicht bemerkt oder nicht an die Oberfläche kommen lassen. Aber nun schwamm sie ganz oben, diese unbewusste Angst: Sie war mit fast vierzig noch nicht verheiratet!

Mit Marvin hatte sie ausgerechnet jetzt einen Mann mit einer Art von Herzenswärme kennengelernt, die Gernot niemals aufweisen könnte. Kein Fehler von ihm, aber für sie nun ein nicht mehr zu verdrängendes Problem.

Und so fasste sie nach einiger Zeit des Überlegens, des Betrachtens der Situation aus verschiedenen Blickwinkeln, einen Entschluss. Und der ließ sie erstaunlicherweise einigermaßen gut schlafen.

♥ 21 ♥

„Hallo Emilie, bist du fertig? Ich bin in fünf Minuten bei dir“, rief Marie fröhlich ins Telefon.

Sie kam gerade aus der Autowerkstatt. Endlich hatte sie ihren Wagen wieder!

„Abfahrbereit!“, hörte sie, und als sie vor Emilies Haus eintraf, stand die alte Dame schon vor dem Haus, das Schmuckkästchen in den behandschuhten Händen.

Die Fahrt genossen beide. Es gab keine ruhige Minute, sie hatten sich viel zu erzählen, und ehe sie sich versahen, war Hamburg erreicht. Hier hatte es erstaunlicherweise geringeren Schneefall gegeben, trotzdem hakte sich Emilie bei Marie unter. Gemeinsam gingen sie die wenigen Schritte zu einem Schmuckgeschäft.

„Nein! Es heißt Glitzerlilli?“ Emilie schaute lächelnd auf das Schild. „Weißt du, wen wir früher immer Glitzerlilli genannt haben? Meine Mutter. Die liebte alles, was funkelte.“

„Dann lernst du jetzt eine junge Glitzerlilli kennen.“

Sie betraten das Geschäft und schon gab es ein großes Hallo. Die junge Goldschmiedin streckte Emilie freundlich die Hand mit den Worten entgegen: „Ich bin Liliana.“

„Mein Name ist Emilie.“ Man sah den beiden die

gegenseitige Sympathie direkt an.

„Ich setze schnell den Tee auf. Kommt mit nach hinten." Marie und Emilie folgten Liliana. „Wir haben auch Zeit, mein Mann wird den Verkauf übernehmen."

In der Küche stand ein ungewöhnlich groß gewachsener Chinese, der sie ebenfalls herzlich begrüßte, sich dann allerdings schnell verabschiedete, weil das Ladenglöckchen bimmelte. „Ich bedaure, dass unsere Bekanntschaft so knapp ausfällt, aber so kurz vor Weihnachten haben wir sehr viel zu tun."

Emilie staunte. Er sprach perfektes Deutsch. Und das war der Ehemann? Aha.

Sie zogen ihre dicken Winterjacken aus und setzten sich. Liliana deckte den Tisch mit Teetassen sowie einem Kluntjepott und Sahnetöpfchen ein. Sie gab Kandis in jede Tasse und goss langsam den Tee auf. Fast andächtig lauschten sie dem Knacken des Kandis. Dann gab Liliana mit dem Löffel vorsichtig die Sahne vom Rand her dazu. Alle drei beobachteten die Bildung und das Aufsteigen des Sahnewölkchens.

„Wie schön!" Emilie war sichtlich gerührt. „Lange schon habe ich keiner Teezeremonie mehr beigewohnt. Wie hübsch das Wölkchen ist." Vorsichtig führte sie die Tasse zum Mund und genoss einen Schluck. „Hervorragend!"

Liliana strahlte. „Mich beruhigt diese heimelige, Teezeremonie immer wieder sehr. Es ist auch eine schöne Kindheitserinnerung. Meine Großmutter kam nämlich aus Ostfriesland. Und gerade um die Weihnachtszeit kommen diese Erinnerungen hoch. Es ist so eine wunderbar gefühlvolle, sentimentale und behagliche Zeit."

Sie plauschten ein wenig, dann kam der spannende Moment für Emilie. Sie präsentierte mit einer gehörigen Portion innerer Aufregung ihren alten Familienschmuck und konnte nicht verhindern, dass ihre Hände leicht zitterten.

Stumm begutachtete Liliana erst einmal die einzelnen Schmuckstücke, stand dann auf und holte eine Lupe sowie eine kleine Waage. „Sehr, sehr schön“, sie nickte, die einzelnen Stücke durch die Lupe betrachtend. „Außergewöhnlich reine Steine.“ Danach wog sie die Raritäten. „Da habt ihr kostbare Schätze mitgebracht.“

„Ich habe natürlich eine Vermutung“, begann Marie, „aber ich weiß den exakten Wert nicht.“

Mit einem Blick von einer zu anderen steigerte Liliana die Spannung.

„Also, gehen wir vom reinen Materialwert aus“, sie nahm den kleinen Taschenrechner, der schon vorher auf dem Tisch gelegen hatte und tippte, „da liegen wir bei 9.000 Euro.“

Emilie wurde schlagartig blass und starrte sie an.

„Wie gesagt, das ist der reine Materialwert. Jetzt kommen da noch die Liebhaberpreise drauf. Du willst den Schmuck in deinem Laden verkaufen, Marie?“

„Daran dachte ich. Nicht wahr, Emilie, du bist damit einverstanden.“

„Sicher.“

„Würdet ihr mir einige Stücke überlassen? Ich würde sie als Anzichungspunkt mit im Schaufenster ausstellen und hier verkaufen.“

„Ja, warum nicht, oder was meinst du, Emilie?“ Marie sah die alte Dame an, um ihre Zustimmung zu erhalten. Sie nickte.

„Gut, dann hätte ich gerne“, sie fischte einige Stücke heraus, „die hier. Wäre das für Sie in Ordnung, Emilie?“

Ihr hatte es die Sprache immer noch verschlagen, so nickte sie erneut. Liliana berechnete dafür nochmals den Materialpreis, nannte ihn und legte dann eine beträchtliche Summe drauf. „Wäre das passend für Sie?“

„Verdienen Sie denn noch da dran?“, brach es aus Emilie heraus.

Liliana lachte auf. „Klar. Ich bin Geschäftsfrau. Aber jeder Kenner wird diese schönen und durchaus seltenen Stücke zu schätzen wissen. Die findet man so schnell nicht mehr auf dem freien Markt.“

Dann stand sie auf und ging hinaus.

Emilie legte ihre Hand auf die von Marie. „Ich fasse es gar nicht! Ich glaube, ich träume.“

Marie spürte, dass die alte Hand leicht zitterte. Sie lächelte. „Soll ich dich kneifen?“

„Bitte! Ganz feste!“

„Quatsch. Wir trinken lieber noch einen Tee.“

„Nein nein“, wehrte Emilie schnell ab und senkte die Stimme, „sonst muss ich auf dem Nachhauseweg dauernd aufs Klo.“

Marie lachte auf. „Glaubst du denn, mir geht das anders?“

In diesem Augenblick kehrte Liliana zurück. Sie zählte das Geld ab. „So, das war`s“, sagte sie, als sie den letzten Hunderter auf den Tisch blätterte.

„Na, nimm es schon!“, redete Maria der staunenden Emilie zu. „Es ist deins. Redlich verdient.“

Liliana packte das Geld in einen mitgebrachten Umschlag, den Emilie dann ganz tief in ihre Handtasche stecken wollte.

„Nee, nicht in die Handtasche! Magst du es mir geben bis daheim? Ich stecke es in die Brusttasche meiner Jacke, ich denke, dort ist es besser verwahrt."

Fast erleichtert überreichte ihr Emilie den Umschlag.

Dann verabschiedeten sie sich von Liliana und ihrem Mann Daniel. Und sie erfuhren noch ein Geheimnis. „Man sieht es noch nicht, aber ich bin schwanger", verriet ihnen Liliana mit einem glücklichen Strahlen.

Daniel Li nahm seine kleine hübsche Frau um die Schulter. „Wir sind gespannt, wie er oder sie aussehen wird, es ist ja eine Mischung aus zwei unterschiedlichen Lebensräumen."

Da sagte Emilie ganz kosmopolitisch: „Eurasier sind die schönsten Menschen. Sie bekommen von jeder Welt das Beste ab."

Auf dem Weg zum Parkplatz meinte Emilie, kleine weiße Kälte-Wölkchen bildeten sich um ihre Worte: „Es ist erst halb zwölf. Darf ich dich zum Essen einladen? Sicherlich gibt es hier ein Restaurant, das du empfehlen kannst. Ich würde zu gerne mal wieder in einem Restaurant sitzen. Das letzte Mal war ich dort mit meiner Sandra, und da war sie noch gesund."

„Klar können wir eine Kleinigkeit zu uns nehmen. Und ich kenne auch was Hübsches hier in der Nähe. Nur zahlen, das tu ich!"

„Nein, Marie! Ich habe nur durch dich so viel Geld bekommen. Ich bin sorgenfrei, was Weihnachten und die Zeit darüber hinaus betrifft. Ich kann das Bad in der Wohnung oben herrichten lassen. Da ist ja wohl ein Essen für dich drin!"

„Emilie, ich ..."

„Papperlapapp!", unterbrach Emilie sie direkt. „Ich möchte das. Keine Widerrede!"

„Und noch etwas." Sie blieb stehen, um ihren Worten mehr Ausdruck zu verleihen. „Die Heizkosten, Marie, die zahle ich selbst. Das kann ich mit dem Geld. Ich möchte, dass das ganz klar ist! Und das wird mit keinem weiteren Wort diskutiert. Basta."

Einige Minuten später saßen sie in einem Restaurant mit Blick auf die Außenalster.

„Ob es wohl dieses Jahr wieder ein Alstereisvergnügen gibt?" Emilie betrachtete die glatte gefrorene Oberfläche.

„Ich weiß nicht, ob die Temperaturen ausreichen, um eine tragfähige Eisfläche hervorzubringen. Ich bin da eher sowieso ein Hasenfuß. Ich trau der ganzen Sache nicht, wenn so viele Menschen auf dem Eis sind und bewundere ihre Sorglosigkeit."

„Apropos Sorglosigkeit." Emilie wandte sich wieder Marie zu. „Deine Beziehung bedrückt dich nach wie vor, oder?"

♥ 22 ♥

Sie hat es gemerkt, dachte Marie, dabei habe ich versucht, so ausgeglichen wie möglich zu sein. Wahrscheinlich sondere ich einen besonderen Konfliktduft ab.

„Mein Problem hat sich deutlich verschärft. Ich habe dir doch am Weihnachtsmarkt erzählt ...“, und dann berichtete sie der alten Dame ehrlich von ihren verwirrenden Gefühlen. „Was soll ich jetzt tun?“

„Handeln, mein Mädchen, handeln! Und das mit dem Herzen.“

Die beiden so unterschiedlichen Frauen führten während des Essens und der Rückfahrt ein intensives Gespräch. Das machte Marie Mut, und gestärkt mit den ehrlichen und durchaus modernen Ansichten einer fast Achtzigjährigen kamen sie in ihrem Heimatort an.

Marie setzte Emilie genau in dem Moment zu Hause ab, als Finn um die Ecke bog. „Perfektes Timing!“ Sie grinste.

„Das heißt wohl übersetzt, wir haben die Zeit gut abgepasst?“ Emilie winkte ihrem Enkelsohn zu.

„Genau.“ Auch Marie winkte Finn, stieg aber nicht aus. „Ich will sofort ins Geschäft. Dort kann ich deine Stücke direkt in der Glasvitrine ausstellen. Ich melde mich noch im Laufe der Woche.“

Sie umarmte Emilie herzlich. „Nochmals Dankeschön für deine ehrliche Einschätzung der Sachlage zu meinen privaten Schwierigkeiten."

„Liebe Marie, ich habe dir nur meine Sicht der Dinge kundgetan. Denke einfach noch einmal gut nach und entscheide dann, wie du es für richtig empfindest. Es ist dein Leben – und du hast nur eins."

Mehrere Kunden schlenderten durch ihr Geschäft, und Annike begrüßte sie fröhlich. „Und? Hattest du Erfolg?"

„Und ob! Stell dir vor, einen Teil des Schmuckes hat Liliana sogar behalten, so begeistert war sie. Hier", sie drückte Annike das alte Schmuckkästchen in die Hand, „das sollten wir schnellstens in unserer verschließbaren Vitrine präsentieren."

Annike übernahm diesen Auftrag mit Hingabe. Und so glänzten die kostbaren Steine wenig später durch die geschickte Beleuchtung um die Wette. An diesem Tag verkauften sie sogar noch zwei Stücke mit sattem Gewinn. Marie freute sich. Wieder Geld für Emilie.

Abends dann ließ sie den Tag noch einmal Revue passieren. War es ein Wink des Schicksals, dass man ihr ausgerechnet in der Adventszeit Emilie an die Seite gestellt hatte? Durch sie hatte sich ihre Sichtweise auf die Welt verändert – oder sollte man sagen, sie war geradegerückt worden?

Irgendwie war diese Begegnung auch wie ein lehrreiches Weihnachtsmärchen, man besinnt sich wieder auf die wichtigen Dinge im Leben.

Und was zählt da? Die Familie. Noch hatte sie ihre Eltern, sie konnte sich glücklich schätzen. Was tat sie jedoch? Sie floh jedes Jahr über Weihnachten vor ihnen. Und warum? Weil sie den Wünschen eines Menschen nachgab, der anscheinend nur dann glücklich und zufrieden war, wenn sie tat, was *er* wollte. Oder war er das einfach nur gewohnt, weil Einzelkind? Gut, das war sie ebenso, aber sie schipperte seit Jahren geschmeidig ohne anzuecken in *seinem* Fahrwasser mit.

Eins war ihr heute nach dem Gespräch mit Emilie klar geworden: Sie konnte nicht das Leben eines anderen Menschen leben! Sie hatte schließlich ein eigenes. Und wie hatte Emilie neulich gesagt: *Du hast nur eins.* Dieser Satz hatte sich bei ihr festgebissen. Nicht nur der Partner sollte glücklich sein, sie ebenfalls – und das in erster Linie. Wenn das eben nicht mehr passte, musste man den schweren Schritt der Trennung gehen.

Bis zum morgigen Abend hatte sie Karenz. Ihre Gedanken kreiselten, sie wog das Für und Wider erneut ab, kam aber immer zu dem gleichen Ergebnis, mit dem sie gefühlsmäßig einiggehen konnte. Dann überlegte sie die Worte, die sie sagen wollte, verwarf sie wieder und glaubte, das gemeinsame Gespräch mit Gernot würde ihr schon die richtigen Sätze liefern.

Was hatte sie da für einen gefühlsmäßig dicken Brocken auf der Brust! Sie holte tief Luft, hatte jedoch das Gefühl, das Problem ließ sie nicht ganz durchatmen.

Der kommende Tag war umsatzstark. Müde machte sie sich nach Geschäftsschluss auf den Weg nach Hause.

„Sollen wir nicht noch ein bisschen was aus dem

Lager holen“, hatte Annike gefragt und einen Rundumblick durch das Geschäft gleiten lassen.

„Ich komme morgen früh eher. Heute habe ich einfach nicht mehr die Kraft dafür.“

Annike sah sie besorgt an, denn so kannte sie Marie nicht. Da ihre Chefin aber nichts weiter ergänzte, nickte sie. „Okay, ich bin eine halbe Stunde früher hier.“

„Danke, das ist echt lieb von dir.“

Marie blickte aus dem Fenster und sah den Wagen von Gernot langsam in die Parklücke rangieren. Er stieg aus. Er war ein attraktiver Mann, ganz ohne Frage. Und er hatte Köpfchen, was Geld betraf. Leider war seine Einstellung oft genauso kalt, wie Geld sich anfühlte.

Vielleicht waren sie beide charakterlich auch einfach zu unterschiedlich. Spät erkannt, aber immerhin nicht *zu* spät.

Sie öffnete ihm die Tür. Ihr Herz klopfte wild.

„Hallo Schatz!“ Er zog sie zur Begrüßung in die Arme und wollte sie küssen. Marie schnupperte seinen gewohnten Duft, der stets so anziehend für sie gewesen war. Fast kam sie mit ihrem Vorhaben ins Wanken, dann jedoch drehte sie den Kopf weg. Gernot stutzte. „Hey, schlecht gelaunt?“

„Das weniger. Wir müssen reden, Gernot.“

„Sag jetzt nicht, du möchtest die gebuchten Massagen nicht!“ Er lächelte. „Sie werden dir gut bekommen. Dann wird deine Samthaut noch weicher.“

Marie blieb ernst. Oh Gott, er verstand und ahnte nicht einmal einen Ansatz!

„Oder willst du die Halbpension auf Vollpension aufstocken?“, scherzte er.

„Gernot“, das klang jetzt so gequält, dass er aufhorchte.

„Ich habe hin und her überlegt, aber auch eine Entscheidung getroffen. Ich fahre nicht mit in die Schweiz. Ich werde Weihnachten mit meinen Eltern verbringen. Und ich möchte mich von dir trennen.“ Nun war es raus. Sie atmete tief durch.

Gernot starrte sie verständnislos an. „Das ist doch wohl ein Scherz, wenn auch ein blöder, oder?“

Sie schluckte, formulierte es jedoch nochmals. „Es tut mir leid, Gernot, aber ich möchte mich von dir trennen.“

„Was ist denn mit dir los?“, brauste er auf. „Seitdem du dein soziales Projekt namens OMI gestartet hast, bist du unberechenbar geworden.“

„Hör bitte endlich auf, alle Verantwortung auf einen anderen Menschen abzuschieben!“

„Tu ich doch gar nicht!“

„Und ob! Du wirst es nicht glauben, es geht hier ausnahmsweise mal um mich. So, wie es jetzt ist, kann ich unmöglich mit dir zusammenziehen.“

Und schon kam wieder seine praktische Art hoch, die er zudem mit Ironie würzte. „Dann wirst du die Mieterhöhung deinem Vermieterhai in den Rachen werfen müssen.“

„Auch in diesem Fall wird es für mich eine Lösung geben. Es ist ja noch ein bisschen Zeit.“

Emilies Worte gaben ihr Sicherheit. *Glaub mir, das Leben gibt dir das, was du brauchst, schon zur geeigneten Zeit. Oft anders, als man es sich vorstellt oder wünscht, aber später im Rückblick genau richtig. Du wirst sehen, es fügt sich.*

Eine Welle der Zuneigung für Emilie kam in diesem Moment hoch, Marie fühlte sich gestärkt, obwohl ihr Herz nach wie vor bis in den Hals klopfte. Ob Gernot das bemerkte?

„Das heißt, du willst tatsächlich nicht mit zum Skifahren?“

Jetzt lachte sie amüsiert auf. Er dachte an den Urlaub, nicht an ihre Partnerschaftsprobleme. „Gernot! Betrachten wir es richtig, fährst *du* mit *mir*. Das Hotel kennst du durch mich. Und ich bin schließlich diejenige in all den Jahren gewesen, die den Urlaub bezahlt hat!“

„Das wirfst du mir doch jetzt nicht vor, oder? Ich habe zum Beispiel ...“

Marie unterbrach ihn. „Ich weiß, du sorgst immer für einen gerechten Ausgleich. Die Anzahlung, die ich geleistet habe, will ich gar nicht wieder. Die schenke ich dir. Den Rest allerdings, wenn du dich entscheidest, allein zu fahren, musst du schon selbst zuzahlen.“

Es trifft sowieso keinen Armen, dachte sie, die Lage diesmal genauso praktisch wie er betrachtend.

„Und unsere Wohnung?“

„*Du* hast sie gekauft. Nicht *wir*. Du weißt, dass ich dich damals gebeten habe, sie gemeinsam zu erwerben. Das wolltest du nicht. Kluger finanzieller Schachzug, mein Schatz. So bleibt dir im Falle einer Trennung alles, zumal du in unserer Ehe Gütertrennung anstrebst.“

Das war ein Treffer. Marie sah es sofort.

Da kam er auf sie zu und umarmte sie. Einen Augenblick spürte sie die jahrelange Vertrautheit und fragte sich, ob sie das jetzt hier wirklich so wollte. Aber dann schrie alles in ihr JA!

Er wiegte sie hin und her. „Marie, ich liebe dich doch. Lassen wir den Quatsch. Es tut mir leid, wenn ich irgendwann mal ungerecht zu dir war. Und ich finde es wichtig, die finanziellen Dinge vorab zu klären. Das beruhigt schließlich."

„Na klar, gemäß Sachlage besonders dich."

Darauf ging Gernot nicht mehr ein. „Welchen Wunsch kann ich dir erfüllen? Wenn du möchtest, bekommst du auch den Durchbruch von Küche zum Esszimmer."

Marie konnte es gar nicht fassen. Kategorisch hatte er sich ihrem einzigen Wunsch in Bezug auf die Wohnung verweigert. Küchengerüche im Wohnzimmer durch eine offene Bauweise? Never, hatte er stets gesagt.

Als Marie nicht antwortete, meinte er: „Hast du etwa Torschlusspanik? Komm, Schatz, wir kriegen das gemeinsam schon hin."

Sie befreite sich aus seinen Armen. „Ich glaube nicht. Jedenfalls möchte ich im Augenblick frei sein."

„Das heißt, du schmeißt mich jetzt raus?" Er sah auf sie hinunter.

„Nicht direkt. Allerdings möchte ich den heutigen Abend schlichtweg alleine sein. Mensch, Gernot, mach es mir doch nicht so schwer!" Maries Stimme zitterte nun.

„Gut. Ich hoffe, du hast nur ein paar schlechte Tage. Dann gehe ich jetzt." Aber er bewegte sich nicht, wartete auf erlösende Worte.

Marie sagte nichts.

Langsam wandte er sich nun zur Tür. „Du bist dir sicher?"

Sie nickte nur.

♥ 23 ♥

Marie ging mit weichen Knien an ihr Lieblingsfenster, warf ihre Blicke aber durch den Rand des Seitenschals, damit sie nicht gesehen werden konnte. Sie beobachtete Gernot, der noch einmal zu ihren erleuchteten Fenstern hochsah, bevor er in seinen Wagen stieg.

Körperlich empfand sie eine ungewohnte Kälte, so erwärmte sie einen Glühwein und ließ sich dann ermattet und innerlich wie leer auf die Couch fallen.

So schnell verschwanden acht Jahre aus ihrem Leben. Nach wie vor tobte ein schwerer Kampf in ihr. War das jetzt alles richtig so?

Aber genau in diesem Moment gab ihr Herz die Antwort, denn plötzlich sah sie das liebenswerte Gesicht von Marvin vor ihrem geistigen Auge.

Trotzdem weinte sie sich später in den Schlaf.

Alles zog sie am kommenden Tag in der Mittagspause zu Emilie. Sie musste ihre Entscheidung loswerden.

Emilie sprach sie stark. „Du hast auf deine Gefühle gehört. Und bist du mit dir im Reinen, hast du richtig gehandelt. Aber du weißt es schon, das sehe ich.“

Marie holte tief Luft. „Stimmt. Danke, Emilie, doch ich brauchte einfach noch einmal deine Einstellung und deine Zuversicht. Weißt du, es ist ein komisches Gefühl, wenn man plötzlich nach Jahren bemerkt, dass der Lebensweg mit dem Partner nicht mehr der Gleiche ist."

„Dann ist deine Entscheidung doch richtig. Sieh es mal so: Seine Vorstellungen von der Zukunft sind nicht deine, deine sind nicht die Seinen. Einer von euch ist immer auf die eine oder andere Art unglücklich. Das ist nicht der Sinn einer Partnerschaft. Also ist die Trennung so oder so vorprogrammiert. Und das ist auch richtig, denn nur auf diese Weise habt ihr beide die Chance auf ein verändertes, zufriedenes und vor allen Dingen glückliches Leben. Ihr müsst euch in Zukunft ja nicht spinnefeind sein."

Ein dicker Seufzer kam von Marie. „Es ist nur total schwer."

Emilie nickte. „Tja, das kann dir keiner abnehmen. Wichtig ist, dass man sich nachher noch in die Augen blicken kann, wenn auch mit Abstand. Und das geht wiederum nur, wenn man eine Beziehung mit Anstand beendet."

„Ich glaube, das ist nicht möglich. Du hättest mal sehen sollen, wie sauer er war."

„Aber mein Kind", Emilie sah sie mit einem vorwurfsvollen Blick an, den Marie noch nicht kannte. „*Das* musst du jetzt doch verstehen! Er kommt zu dir, kurz vor einem gemeinsamen Urlaub, und du eröffnest ihm, dass du dich trennen möchtest. *Du* hattest die Zeit, alles zu durchdenken und zu überlegen. *Er* hatte diesen Vorteil nicht. Ihn hat das wie ein Blitz getroffen. Er hat das Recht, sauer, verstört und verletzt zu sein!"

„Aber ..."

„Nein! Hier gibt es kein Aber, Marie. Da muss ich ihn in Schutz nehmen!“ Emilie war sehr bestimmt. „In dieser Hinsicht musst du Verständnis für ihn aufbringen. Das ist nämlich keineswegs einfach. Dreh den Spieß nur mal um!“

Sie wollte gerade antworten, als es schellte. Kurz danach hörte sie die vertraute tiefe Stimme von Marvin.

„Danke Emilie, ich komme nicht rein, bin im Dienst. Ich möchte dich und Finn einladen. Heute am frühen Abend gibt es ein kleines Weihnachtskonzert in der Christuskirche. Und danach würde ich euch zu einer Kartoffel auf den Weihnachtsmarkt mitnehmen.“

In diesem Augenblick raste Minni mit aufgestelltem Schwänzchen durch den Flur.

Wieder hörte Marie nur Marvins Stimme. „Hallo Minni, Süße, Emilie hat noch gar nichts gesagt zu meiner Einladung“, beschwerte er sich gespielt. „Was meinst du, sonst gehen wir zwei Hübschen ins Konzert, was? Und hinterher holen wir uns ‘ne Dose Thunfisch, oder?“

„Ich weiß nicht recht“, überlegte Emilie. „Ein Weihnachtskonzert wird nicht das Richtige für Finn sein. Außerdem kommt nachher ein Freund von ihm, der hier übernachten wird.“

Spontan stand Marie auf und lief in den Flur. „Gar kein Problem, Emilie. Ich passe auf die Jungs heute Abend auf.“

Marvin sah sie überrascht an. „Marie! Ich wusste nicht, dass du hier bist. Dein Auto ...“

„Steht um die Ecke.“

„Ah so.“

Es gab noch ein kleines Hin und Her, dann war es

abgemacht. Emilie würde mit Marvin das Konzert besuchen.

Es fiel zwischen ihnen beiden kein weiteres persönliches Wort. Sie sah ihm hinterher, als er auf den Streifenwagen zuging, in dem diesmal eine Kollegin wartete.

Und ihre Sehnsucht nach seiner Nähe begleitete ihn.

Nun wieder innerlich völlig aufgewühlt – nahm das denn gar kein Ende – verabschiedete sie sich kurz danach. Die Mittagspause war vorbei.

„Danke, Emilie, nicht nur für den heißen Kakao, sondern zusätzlich für deine kompetente Lebensberatung."

„Siehste, so bin ich alte Schachtel auch noch von Nutzen."

Marie drückte ihr ein schnelles Küsschen auf die Wange. „Bis später."

Marie machte früher Schluss. Das Abrechnen und Abschließen des Geschäftes übernahm an diesem Abend Annike, dafür hatte sie am kommenden Morgen frei.

Als Marie sie danach gefragt hatte, war sie erfreut. „Super! Dann kann ich ein paar weihnachtliche Kleinigkeiten ohne Hektik einkaufen. Ich hatte schon hin und her überlegt, wie ich das am besten hinkriege."

Wie hatte Emilie noch gesagt: *Es fügt sich.* Marie lächelte unbewusst.

„Findest du das lustig?", fragte Annike irritiert.

„Nein, ich habe mich nur gefreut, dass es für uns beide gut passt."

Finns Freund war schon da. Sie spielten mit Minni und Lela. Aber als die später ihr Futter bekamen und sich danach mit kleinen vollen Katzenbäuchen zur Siesta zurückzogen, waren die Computerspiele dran. Sie zogen sich in Finns Zimmer zurück und Marie saß allein im Wohnzimmer.

Da muss ich fast vierzig werden, um das erste Mal als Babysitter zu fungieren, dachte sie amüsiert.

Nun sitze ich hier wie bestellt und nicht abgeholt. Sie sah sich um. Ihr Blick blieb an einem Zeitungsständer hängen. Dort lagen einige Frauenzeitschriften, die sie sonst nur beim Arzt durchblätterte. Natürlich fielen ihr gleich Trennungsgeschichten ins Auge. Sie stellte fest, sie kam mit ihrer Trennung noch gut weg. Es gab nichts Gemeinsames, um was gestritten werden konnte. Bei den prominenten Paaren ging es um Häuser, Boote, Autos, Konten.

Einige Seiten überschlug sie und blieb bei Weihnachtsrezepten hängen. Eine knusprige Gans war abgebildet, eingebettet in Klöße und Rotkohl, begleitet von Rotwein und festlicher Dekoration. Ja, das war Weihnachten!

Morgen, so plante sie, sagte sie ihren Eltern, dass sie gerne mit ihnen feiern wolle. Wie würden sie reagieren? Es fühlte sich verdammt gut an, endlich einmal für sich selbst entschieden zu haben. Gernot hatte es geschafft, ihr irgendwie immer ein schlechtes Gewissen einzureden.

Aber sie erkannte auch, dass es nicht allein sein Fehler war. Hätte sie eher ihren Standpunkt vertreten und ihre Wünsche ebenfalls durchgesetzt, wäre die Situation jetzt vielleicht anders gewesen. Oder nicht? Denn zwischen allem stand Marvin. Was soll man schon machen, wenn man sich verliebt, dachte sie. Irgendwie ist man machtlos. Es passiert einfach.

Mit einem Erleichterungsseufzer legte sie die Beine auf Emilies alter Plüschcouch hoch. Sie beugte sich leicht vor und angelte sich ein Weihnachtsplätzchen. Wie sie wusste, hatte Emilie diese vor ihrem Unfall gebacken.

Sie sog das Aroma ein. Das Plätzchen in Form eines Tannenbaumes mit weißer Glasur duftete intensiv nach Weihnachtsgewürzen und schmeckte nach Kindheit, Geborgenheit, Familie.

So lag sie eine ganze Weile und blickte von ihrem gemütlichen Platz durch das große, geschwungene, alte Holzfenster hinaus in die Dunkelheit. Heute Nacht wurde es sicherlich noch einmal eiskalt, denn sie sah an einem klaren Nachthimmel die Sterne blinken.

Den Jungs ging es hörbar gut, sie juchzten, schrien und lachten laut.

Marie überkam, trotz Gefühlskuddelmuddel, ein sattes Zufriedenheitsgefühl.

Die Haustür öffnete sich. Emilie und Marvin brachten eine kleine Kältewelle mit ins Haus.

„Alle Mann in die Küche“, hörte sie Marvin rufen.

„Wir haben uns richtig beeilt!“ Emilie hatte eine knallrote Nasenspitze. „Draußen ist es eisig, aber hier drin haben wir nun alle eine dicke, heiße Kartoffel.“

Die Jungs jubelten und stürzten sich auf ihre Portionen.

„Gute Idee!“ Auch Marie freute sich.

„Es war Emilies. Sie wollte nicht allein essen, während ihr hier nichts habt.“

„Na, so ganz stimmt das nicht. Der Kartoffelsalat

war köstlich.“ Marie schlug sich auf den Bauch. „Und es ist auch nichts mehr da, die Jungs haben alles aufgeputzt.“

Emilie berichtete begeistert von dem schönen Konzert, der weihnachtlich-andächtigen Stimmung und ihrer Freude, dies nach langer Zeit mal wieder zu erleben.

Marvin lächelte. „Ich wusste, dass es dir gefallen wird.“

Sie hielten noch ein bisschen Small-Talk, dann wollte Marvin aufbrechen. Ganz bewusst schloss sich Marie an.

Als Emilie die Haustür hinter sich geschlossen hatte und beide wenige Schritte gegangen waren, fragte Marie, ihren ganzen Mut zusammennehmend: „Gilt die Einladung an mich für deine Weihnachtsfeier noch, Marvin?“

♥ 24 ♥

Erstaunt blickte er sie an.

„Ich ... ich habe mich von meinem Freund getrennt“, presste Marie heraus. „Ich weiß, es ist sicherlich kein guter Zeitpunkt, aber“, sie holte tief Luft, „ich würde dich schrecklich gern begleiten, ehrlich.“

Erde, tu dich auf, dachte sie, als er nicht sofort antwortete.

Dann jedoch sah sie ihn lächeln. „Ich hole dich dann um sieben ab, okay?“

„Okay“, hauchte sie mit unendlicher Erleichterung.

Auf dem Weg zum Auto hatte sie das Gefühl, sie könne nun auch schweben, wie die kleinen winzigen Schneeflöckchen, die vereinzelt vom Himmel tänzelten.

Den kommenden Abend nutzte sie, bei ihren Eltern vorbeizufahren, um ihnen mitzuteilen, dass sie Weihnachten gerne mit ihnen feiern wolle. Ihre Mutter hatte Tränen in den Augen, so gerührt war sie.

Die Nachricht von der Trennung nahmen sie mit Erstaunen, jedoch nicht mit Entsetzen auf. Sie kommentierten es auch nicht, aber das war typisch für ihre Eltern, sie mischten sich äußerst selten ein.

Als ihre Mutter in die Küche ging, um das Abendbrot vorzubereiten, erkundigte sich ihr Vater doch. „Leidest du sehr, Marie?“

Sie schüttelte den Kopf. „Es ist irgendwie komisch, aber es ist richtig.“

„Ich denke es auch. Ihr wart, was Gefühle betrifft, nämlich weit auseinander.“

Dieser Satz ihres Vaters führte zu einem ehrlichen Gedankenaustausch, der an diesem Abend Balsam für ihre Seele war.

Die Mittagspause am nächsten Tag wollte sie nutzen, um Weihnachtsgeschenke zu kaufen. Hatte sie in den letzten Jahren die Meinung von Gernot übernommen, Präsente zum Fest seien reiner Kommerz, freute sie sich nun diebisch darauf, Einkäufe zu tätigen. Und zwar für alle: Emilie und Finn, ihre Eltern, Annike würde auch etwas bekommen, nicht nur die Provision – und sie würde ein unverfängliches Geschenk für Marvin erstehen!

„Sollte ich ein paar Minuten später sein, nicht wundern“, rief sie Annike energiegeladen zu, als sie noch einmal den Inhalt ihres Portemonnaies checkte. Bankkarte: da, Kreditkarte: da, Bargeld: auch genug. Okay, es konnte losgehen!

Die Geschäfte waren voll, aber das störte sie nicht.

Sie genoss die Weihnachtsmusik in den einzelnen Läden, sammelte noch nette Pröbchen in der Parfümerie ein, als sie den Lieblingsduft von Annike kaufte. Die Verkäuferin packte das Parfüm bezaubernd ein. Marie schaute interessiert zu und freute sich schon auf die erstaunten Augen ihrer Mitarbeiterin.

Mit Tüten bewaffnet machte sie sich bestens gelaunt auf dem Rückweg. Ihr Handy meldete sich. Gernot. Och nööö ..., eine Millisekunde war sie versucht, es bimmeln zu lassen, entschied sich dann jedoch, das Gespräch anzunehmen. Schnell suchte sie eine Ecke, wo sie ihre Einkäufe kurz abstellen konnte.

Er würde, so kannte sie ihn, schließlich nicht aufgeben und weiterhin in regelmäßigen Abständen versuchen, sie zu erwischen. Und besser am Telefon, als dass er vor ihrer Tür stand!

Er bat sie wortreich um ein Gespräch, verwies mit schmelziger Stimme auf die alten Zeiten. „Ich kann das so nicht akzeptieren, Marie."

Normalerweise wäre sie eingeknickt, hätte seinem Wunsch nachgegeben, aber ihr neu gewonnenes Selbstbewusstsein und das Glück, ihm nicht persönlich gegenüberstehen zu müssen, ließen sie mit fester Stimme sagen: „Es tut mir leid, Gernot. Ich möchte nicht mehr."

„Marie", sie spürte durchaus den Schmerz in seiner Stimme, „ich liebe dich. Du kannst mich doch nicht einfach so entsorgen."

Das machte sie allerdings wütend. „Wie kannst du so etwas sagen? Du tust so, als wäre ich völlig gefühllos! Gernot, was soll ich tun? Meine Gefühle für dich sind nicht mehr so stark, dass sie für eine Beziehung reichen. Bitte akzeptiere das. Außerdem stehe ich hier in der Stadt, ich möchte diese Dinge nicht öffentlich diskutieren."

Sie sah sich noch einmal um, denn gerade war ein Mann mit sichtlicher Neugier in ihrer Nähe stehen geblieben, alibimäßig in ein Schaufenster schauend, die Ohren aber auf Empfang ausgerichtet.

„Okay, das verstehe ich. Lass uns bitte ein weiteres klärendes Gespräch führen."

„Vielleicht. Tschüss, Gernot."

Dann klickte sie das Gespräch weg, holte tief Luft, griff ihre Einkaufstüten und hastete, innerlich erneut gut durchgemischt, zurück in ihr Lädchen.

Dort brummte es und sie sah die Erleichterung in Annikes Augen, dass Marie nun zur weiteren Unterstützung vor Ort war.

Sie verkauften an diesem Nachmittag gleich drei der Schmuckstücke von Emilie. Alles passte. Die Käufer waren euphorisch, etwas so Besonderes erstanden zu haben, Marie war zufrieden, einen guten, aber auch fairen Preis zu erhalten – und Emilie würde bei dem Erlös sicherlich mehr als glücklich schauen.

Mit Liebe verpackte sie die Stücke für die Kunden. Hier übernahm sie die Idee der Parfümerie, indem sie ein kleines Schokoladentäfelchen mit weihnachtlichen Motiven unter das Schleifenband steckte. Die hatte sie nämlich in der Pause auch noch schnell erstanden.

Eine Kundin hatte eine alte Vase gekauft, die sie selbst verpacken wollte. „Kann ich trotzdem so ein Schokolädchen bekommen?", fragte sie und schaute begehrlich auf das hübsch verpackte Schmuckstück des Herrn neben ihr.

Lächelnd reichte ihr Marie die Schokolade. Nachdem die Kunden gegangen waren, nahm sie eine kleine Schüssel, gab die Täfelchen hinein und stellte sie auf den Tresen.

„Die Idee ist klasse!", lobte Annike sie.

„Danke."

Normalerweise hätte sie ehrlich gesagt, dass es nicht ihre war, aber dann würde sie verraten, wo sie geshoppt hatte – und das behielt sie für sich.

Später erhielt sie eine Schocknachricht von Finn. Der hatte ihr eine WhatsAPP geschrieben.

Oma ist wieder gefallen

Maries Herz rutschte in die Hose. Sie tippte zurück, um mehr zu erfahren, aber ihr Gerät blieb stumm.

So rief sie bei Emilie an. War sie daheim? Lag sie im Krankenhaus? Mensch, Jungs konnten so reduziert sein! Knappe Info, mehr nicht.

Marie war völlig erleichtert, als sich Emilie direkt meldete. „Finn übertreibt, Marie. Ich bin lediglich in der Einfahrt ausgeglitten, konnte mich aber noch abfangen. Sah bestimmt lustig aus."

„Und deine Schulter?"

„Der geht es gut. Ich kam gerade von der Reha-Sitzung zurück. Der Taxifahrer ist nicht in die Einfahrt gefahren, sondern hat mich an der Straße rausgelassen. Finn stand schon in der Tür, da wollte ich schnell sein."

Na Gott sei Dank, dachte Marie, kein weiteres Drama vor Weihnachten.

Und dann war er da, der besondere Abend mit Marvin. Sie hatte nichts mehr von ihm gehört, daher hoffte sie, es blieb wie abgesprochen.

Für ihr Styling nahm sie sich ausreichend Zeit. In dem Gespräch seinerzeit im Restaurant hatte sie erfahren, dass seine Lieblingsfarbe Grün sei. Sie hatte in ihrem Kleiderschrank ein flaschengrünes Kleid, das probierte sie an. Es war zwar schon etwas älter, aber bisher nur zweimal getragen. Prüfend betrachtete sie sich im Spiegel. Es sah gut aus. Es passte auch noch, obwohl, es war irgendwie enger geworden.

Naja, diese verführerischen Weihnachts-Naschereien! Das war pro Adventszeit mindestens immer ein Kilo, das sie sich im Weihnachtsurlaub auf Skiern wieder abtrainierte. Aber in diesem Jahr gab es keine Kalorienreduzierung in Form von sportlichen Abfahrten im Schnee. Oha!

An Lebkuchen und Co. kam sie so gut wie nie vorbei. Neulich wollte sie eigentlich nur Toilettenpapier und Seife kaufen, weil so gut wie aufgebraucht. Die Weihnachtsleckereien versperrten ihr frech den Weg, sie musste drumherum zirkeln. Schließlich umrundete sie interessiert den Stand.

Als sie daheim ankam, hatte sie Lebkuchenherzen, einen Nougatstamm, Pfeffernüsse, Marzipankugeln, einen Baumkuchen, Vanillemandeln, Stollen und zwei Flaschen Glühwein im Gepäck – aber weder Klopapier noch Seife.

Super gemacht, Marie, haderte sie mit sich selbst. Von 50 möglichen Gummi-Punkten hast du 51 erreicht!

Dann war Marvin da und holte sie ab. Wie gut er aussah! Und er brachte ihr Eierlikörpralinchen mit. Ausgerechnet! Da konnte sie gar nicht widerstehen.

Mit Stolz saß sie an dem Abend neben ihm. Sie fühlte sich sauwohl. Es war alles so anders mit ihm, so relaxed. Sie lachten viel, allein und mit seinen Kollegen und Kolleginnen, sprachen dem Glühwein zu und dem leckeren Haselnusslikör, aßen nach Lust und Laune vom Buffet.

Da hätte Gernot schon wieder einen vielsagenden Blick auf ihren Teller geworfen, dachte sie, als sie glücklich das Glas mit einem geschichteten Spekulatiusdessert zurückbalancierte. Marvin kommentierte nur: „Sieht appetitlich aus, ich glaube, davon hole ich mir auch."

Marie leckte genussvoll den Löffel ab. „Ich könnt mich reinlegen."

Und plötzlich war eine wahnwitzige Idee geboren. Hinterher wusste aber keiner von beiden mehr, wer darauf gekommen war.

♥ 25 ♥

„Meinst du, das kriegen wir in der Kürze der Zeit hin?“ Marie sah mit Spannung auf Marvin.

„Wir versuchen das. Mal sehen, was passiert. Das Leben ist schön, von einfach ist nicht die Rede.“

Marie lachte auf. „Okay. Meine Wohnung ist groß genug, da lässt sich alles arrangieren.“

Sie gingen ins Detail und arbeiteten einen schönen Plan aus.

Später bestellte Marvin zwei Taxis. Eins brachte ihn nach Hause, das andere Marie. Verträumt saß sie im Wagen, waren sie doch für den kommenden Abend verabredet.

Direkt nach Geschäftsschluss fuhr sie bei Emilie vorbei. Sie hatte sich tagsüber schon angekündigt.

„Die Idee überrascht mich jetzt.“ Emilie ließ Begeisterung vermissen.

„Aber wir fänden es total klasse, wenn wir alle gemeinsam feiern würden. Du und Finn mit Marvin und mir, seinen und meinen Eltern. Wir wären sonst alle irgendwie allein. Das passt sicherlich wunderbar. Wir lernen uns untereinander kennen! Und es ist doch nicht der Heiligabend, sondern der erste Feiertag!“

„Schon, aber ...“

„Emilie! Wir essen zusammen zu Mittag und trinken Kaffee. Danach ist es sowieso beendet, weil Marvin dann zur Schicht geht und mein Vater aus gesundheitlichen Gründen nach Hause muss."

„Darum geht es nicht. Bei dir feiern, weißt du, das ist nichts für uns."

Marie war konsterniert. Eine Ablehnung, gerade von Emilie, hatte sie überhaupt nicht einkalkuliert.

„Aber warum denn nicht? Das Wohnzimmer ist für uns alle groß genug."

„Das ist es nicht", unterbrach sie Emilie. „Sei mir nicht böse, doch ich möchte Minni und Lela zu Weihnachten nicht allein lassen."

Darauf wusste Marie nichts zu sagen.

Emilie fühlte sich so zu einer weiteren Rechtfertigung gedrängt. „Du magst mich jetzt für senil halten, weil ich wegen zwei kleinen Miezchen daheim bleiben möchte, aber da kann ich nicht anders. Weihnachten ist ein Familienfest, und sie gehören dazu."

„Dann bring die Miaus mit! Sie waren schließlich schon bei mir."

„Liebe Marie", Emilie tätschelte ihren Arm, „das war doch eine Notsituation. Katzen mögen es gar nicht, hin und her gefahren zu werden. Das bringt sie durcheinander, sie bekommen richtig Stress. Es reicht schon, wenn man mit ihnen zum Tierarzt muss. Dann noch viele fremde Menschen – und sie finden ihren gewohnten Rückzugsort nicht. Nein, das tut mir leid, aber das geht einfach nicht."

Nun fühlte sich Marie wie ein Kind, dem man den Lutscher weggenommen hatte. Das strahlte sie wohl auch aus, denn Emilie schmunzelte.

„Wenn dir aber so viel daran gelegen ist, schlage ich vor, ihr kommt alle hierher." Und sie setzte noch mit einem Augenzwinkern hinzu: „Ich habe es schließlich warm.“

Marie strahlte. „Das ist ja toll! Ich muss das dann nur mit dem Essen organisieren, aber das kriege ich hin. Ich telefoniere mal schnell mit Marvin.“

Sie berichtete ihm von Emilies Argumenten. „Ist doch egal, denke ich. Wir alle können auch bei Emilie schön feiern.“

„Meine Eltern freuen sich. Mein Vater hat zwar zuerst eine Augenbraue hochgezogen, du kannst dir das ja vorstellen, ein paar Stunden bei völlig fremden Leuten und das zu Weihnachten. Meine Mutter hatte übrigens einen tollen Vorschlag. Sie meinte, alle sollten ihr geplantes Essen mitbringen, dann braucht keiner für die Speisen allein sorgen, und schmecken tut es sicherlich auch noch super.“

Marie war baff. „Das ist eine grandiose Idee! Ich bin nämlich schon gedanklich durch sämtliche Gänge im Supermarkt gerannt.“

„Bleibt dir und mir erspart.“

„Okay. Kommst du gleich?“

„Wenn du das noch möchtest.“

„*Ich* halte meine Verabredungen ein.“ Marie bemühte sich um einen lässigen Ton. „Ich sause jetzt nur schnell für ein paar Minuten bei meinen Eltern vorbei, die müssen es schließlich auch wissen. Und Emilie rufe ich wegen des Essens noch schnell an.“

Die alte Dame war von der Idee des ungewöhnlichen Caterings hörbar angetan. „Das ist für alle stressfreier. Das gefällt mir.“

Kurz danach schlug Marie bei ihren Eltern auf und berichtete euphorisch von ihren Weihnachtsplänen.

„Ich weiß nicht, ob das das Richtige ist“, wiegelte ihre Mutter ab. „Für deinen Vater ist die Ruhe daheim besser.“

„Aber Mama, das sind alles ganz liebe Menschen, und es ist doch auch nur ein Mittags-Festessen mit anschließendem Kaffeetrinken. Danach ist Schluss.“

„Das ist mir einfach zu viel Aufregung für deinen Vater. Danke jedenfalls, dass du an uns gedacht hast.“

„Mama“, jetzt sprach die schiere Verzweiflung aus Marie, „die anderen haben schon zugesagt. Und es ist nicht Heiligabend, sondern der erste Feiertag.“ Dieses verzweifelte Argument hatte sie auch bei Emilie in die Waagschale geworfen.

„Nein, Marie. Weißt du“, und den versteckten Vorwurf konnte Marie wie Nadelstiche fühlen, „du hattest schließlich ganz andere Planungen. Seit Jahren schon feierst du Weihnachten in der Schweiz. Nun bleibst du hier und wir freuen uns auch sehr darüber, aber du krempelst unsere Vorstellung von Weihnachten völlig um, mit einer Selbstverständlichkeit, als wären wir Figürchen, die du hin und her schiebst. Das geht einfach nicht.“

Marie schluckte. Sie hatte nun ein unangenehmes Bild vor Augen. Ihre Eltern allein daheim, und sie? Pendelte sie an diesem Weihnachtstag hektisch zwischen Emilies Wohnzimmer und ihrem Elternhaus hin und her?

Erlöst wurde sie von ihrem Vater.

„Also, ich sehe darin kein Problem. Warum sollte es mir nicht gefallen?“

Ihre Mutter sah ihn erstaunt an. „Aber Jochen, dir ist doch immer alles zu anstrengend.“

„Ach Beate, wir haben früher, als wir noch in den

Weihnachtsurlaub gefahren sind, auch mit fremden Menschen an einem Tisch gesessen. Lass uns die wenigen Stunden einfach mal genießen. Es ist doch eine schöne Abwechslung zu unserem Alltag. Und ich schaffe das schon."

„Ja, wenn du meinst ...", und nun kam Leben in ihre Mutter. „Wenn wir das Essen mitbringen, dann muss ich unbedingt ein bisschen mehr machen. Ich wollte mich sowieso an Bratäpfeln probieren. Ich habe da nämlich ein leckeres Rezept entdeckt. Mit Rum. Das wird herrlich duften."

„Denk nur daran, dass wir ein Kind am Tisch haben, der Bratapfel müsste dann ohne Alkohol sein", warf Marie ein.

„Sicherlich. Meinst du, wir könnten die vorbereiteten Äpfel bei dieser Emilie in den Ofen stecken?"

„Das kannst du bei *dieser* Emilie gerne tun". Marie lächelte. Puh, das war noch einmal gut gegangen!

Sie küsste ihre Eltern zum Abschied und war schon an der Haustür.

„Was hast du es denn so eilig? Du kannst doch mit uns zu Abend essen."

„Geht nicht, Mama. Marvin kommt und wir wollen das Weihnachtsfest durchplanen."

„Das lasst man schön sein", riet ihr Vater. „Alles, was man durchplant, geht meist großflächig daneben."

Diese Prophezeiung erfüllte sich erfreulicherweise nicht, aber es sollte ein anderes Ereignis geben, das Marie völlig aus der Bahn werfen würde.

♥ 26 ♥

Eine Stunde später traf Marvin bei ihr ein. „Mmh ..., was duftet es hier gut!“

„Bratapfel. Die Idee hatte meine Mutter für unsere gemeinsame Weihnachtsfeier, und ich habe ihr das Rezept abgeluchst. Irgendwie habe ich die geschmeckt und musste es unbedingt sofort ausprobieren. Vorher aber gibt es Baguette und Käse.“

„Mag ich glatt alles“, freute sich Marvin. Er zog die dicke Winterjacke aus und die Schuhe ebenfalls.

„Magst du einen Glühwein?“

„Nein. Ich bin Polizist. Bei mir gilt erst recht die Null-Promille-Grenze.“

„Ich hätte auch Alkoholfreien.“

„Echt? Dann gerne.“

Während des Essens besprachen sie den ersten Weihnachtstag, so ein ungewöhnliches, kurzfristig geplantes Ereignis sollte schließlich für alle möglichst stressfrei sein.

„Mit deinem Einverständnis würde ich mich morgen auf die Jagd nach einem schönen Tannenbaum machen, den wir bei Emilie aufstellen, sofern ich noch einen mit Nadeln ergattern kann. Beim Weihnachtskonzert hatte sie mir nämlich mit ein bisschen Wehmut erzählt, dass sie dieses Jahr kein Bäumchen haben würde. Ich verstehe es auch, die Schulter muss schließlich erst einmal richtig heilen.“

„Okay.“ Plötzlich stutzte Marie. „Was ist denn das für ein Geräusch?“

„Der Wind. Es ist der angesagte Sturm.“

„Sturm? Hab ich gar nicht mitbekommen.“

Marie hatte seit zwei Tagen weder Nachrichten noch Wetterbericht gesehen. Das Geschäft und die Weihnachtsplanung hatten sie vollends in Anspruch genommen. Sie stand auf und sah aus dem Fenster. Die schneebedeckten Äste der großen Eiche vor dem Haus wogten heftig auf und nieder, der Schnee fegte in Wehen über die Straße. Der Wind hatte bereits in eine grollende Tonlage gewechselt.

„Hu, da möchte ich jetzt nicht draußen sein“, bemerkte Marie.

Plötzlich stand Marvin hinter ihr. Vorsichtig legte er seine Arme um sie. Sie ließ es geschehen. Marie fühlte einen zarten Kuss auf ihrem Hals. Es kribbelte überall. Sie griff nach seinen Händen. So standen sie eine ganze Weile und schauten, in engem Körperkontakt, dem wilden Wetter zu, die Nähe und Zweisamkeit genießend.

„Oje, in diese Verwehungen muss ich mich gleich begeben. Ich friere jetzt schon.“ Marvin drehte Marie zu sich um, strich ihr liebevoll über die Wange. Sein Gesicht näherte sich vorsichtig ihrem, so als erwartete er Widerstand.

Aber Marie schloss die Augen und so küsste er sie, erst ganz zart, dann fordernder.

Wann habe ich das letzte Mal so intensiv gefühlt, fragte sich Marie. Nach dem langen Kuss schmiegte sie sich an ihn.

Und was passierte? Maries Handy klingelte. Beide erschraken, lachten dann aber.

„Uff, warum nur habe ich den Ton nicht abgestellt?“ Sie löste sich von Marvin, und ging zum Tisch, wo das kleine nervige Gerät lag. Marie wusste natürlich anhand des Klingeltons, dass es Gernot war, aber das sagte sie Marvin nicht, sie wollte keinesfalls die schöne Stimmung und die erste zärtliche Annäherung mit dieser unnützen Information stören.

Sie klickte das Gespräch weg und hatte Marvin gerade wieder erreicht, als es erneut bimmelte. Stöhnend ging sie nochmals zurück und schaltete das Gerät ohne zu zögern ab.

„So, nun gibt es keine Störungen mehr.“

Er nahm sie nochmals in den Arm, doch die ganz intime Stimmung war dahin.

„Magst du noch einen Glühwein ohne Umdrehungen?“, fragte Marie.

„Nee, der war lecker, aber für einen Zweiten ist er mir zu süß.“

„Ich würde dir einen Rotwein anbieten, nur ....“

„Führe mich nicht in Versuchung.“ Er hob abwehrend die Hände.

„Du könntest auch hierbleiben. Ich habe ein Gästezimmer.“

Einen Augenblick überlegte Marvin, dann lehnte er ab. „Heute nicht. Ich denke, ich würde dann mehr wollen, und das ist jetzt noch nicht gut – für dich, meine ich.“

Als Marvin sich wenig später verabschiedete, war die Enttäuschung, dass er nicht blieb, verschwunden. Sie fühlte, dass es richtig war.

Mit den Gedanken an seine Umarmung und den ersten Kuss schlief sie glücklich ein.

In einem anderen Stadtteil hatte jemand keine ruhige Nacht. Gernot versuchte immer wieder, Marie zu erreichen. Doch ihr Handy blieb abgeschaltet. In dem Wetter zu ihr fahren wollte er nicht.
In Kürze ging es in den Urlaub – er war sicher, bis dahin hatte sie sich beruhigt. Aber das Handy so einfach abschalten ... das war sonst nicht ihre Art. Wahrscheinlich wollte sie es ihm nur zeigen.

Morgen würde er zu ihr ins Geschäft fahren und ihr versprechen, dass sie ihre Wünsche in ihrer gemeinsamen neuen Wohnung umsetzen könne. So schlimm waren sie schließlich nicht, damit konnte er leben ... aber ohne sie eben nicht.

„Annike, ich bin in fünf Minuten wieder vorn, okay?"

Marie schob Gernot in den hinteren Bereich des Geschäftes. „Was möchtest du?"

„Na, natürlich fragen, ob du dich beruhigt hast."

„Wie beruhigt? Ich habe mich gar nicht aufgeregt." Marie blickte ihm direkt in die Augen.

„Ich meine, wie ist es denn jetzt mit dem Urlaub? Wir können uns dort in aller Ruhe aussprechen. Und ich habe mir überlegt, die Wand zur Küche hin, die reißen wir raus, wenn das dein Traum ist, und ich habe ..."

„Gernot, bitte, es ist vorbei mit uns."

Fast tat er ihr leid, er stand vor ihr wie ein kleiner Junge, der etwas verbrochen hat und es nun bereute.

„Ach komm ..." Er versuchte, sie in seine Arme zu ziehen.

Marie wehrte ihn ab. „Gernot, bitte! Ich habe erkannt, dass wir nicht zusammen passen. Wir werden nicht glücklich. Lass uns so auseinandergehen, dass wir uns bei einer Begegnung immer noch in die Augen sehen können."

„Aber Marie, ich liebe dich doch."

„Ich dich leider nicht mehr", in ihren leisen, ehrlichen Worten schwang durchaus Bedauern mit.

Gernot nickte, drehte sich dann um und verließ wortlos das Geschäft.

Marie zitterte. Da kam Annike auf sie zu, in der Hand eine Tasse. „Hier, eine Trinkschokolade, das beruhigt die Nerven."

Dankbar nahm Marie den Pott entgegen. Dann brach sie in Tränen aus.

Kurzerhand schob Annike sie sanft aber bestimmt in das kleine Büro. „Beruhige dich erst einmal, trink den Kakao Schlückchen für Schlückchen. Das wird dir guttun. Ich mache das alles vorne."

„Danke", schniefte Marie.

Sie saß schlapp, als hätte sie einen Marathon hinter sich, auf dem Bürostuhl, trank die heiße Schokolade durch die kühle Sahne und versuchte, ihre aufgewühlten Gefühle wieder ganz unter Kontrolle zu bekommen.

Dabei ließ sie sich tatsächlich Zeit, aber das war auch gut, denn so bekam sie nicht mit, dass ihre tüchtige Mitarbeiterin ihr Nervenkostüm während ihrer Abwesenheit schonte.

Annike hatte gerade die Tür hinter Marie geschlossen, als sie das Unglück namens Mats von Umlauf mit energischen Schritten auf die Theke zukommen sah. Seinen Autoschlüssel um den Zeigefinger wirbelnd, lächelte er siegesgewiss.

Oh Graus, dieser Kerl!

„Ist die Chefin nicht da?", sagte er ohne Gruß.

„Bereits außer Haus heute", log Annike. Wenn Marie jetzt jemanden nicht gebrauchen konnte, war es dieser Macho und Schürzenjäger.

„Wie schade! Haben Sie bitte ihre Handy-Nummer für mich?"

„Das tut mir leid, die darf ich nicht rausgeben."

„Wann ist sie wieder hier?"

„Das kann ich nicht mit Bestimmtheit sagen. Heute jedenfalls nicht mehr."

Mats von Umlauf überlegte kurz. „Da ich morgen nicht im Ort bin, würden Sie ihr dies bitte geben?"

Er zog einen champagnerfarbenen Umschlag aus seinem eleganten Wintermantel, der in geschwungenen Buchstaben die Aufschrift EINLADUNG trug.

Er konnte natürlich nicht umhin, sie neugierig zu machen und anzugeben.

„Dies ist eine exklusive Einladung zu dem großen Weihnachtskonzert mit allen VIPs dieser Stadt. Es wurden keine Karten verkauft, lediglich an bedeutende Persönlichkeiten vergeben."

Diesem hochnäsigen Kotzbrocken hätte Annike am liebsten die Nase mit einem Faustschlag etwas tiefer und schiefer gerückt, doch sie lächelte zuckersüß.

„Aber gerne!" Sie nahm ihm das Kuvert blitzschnell aus der Hand und legte es unter die Theke. „Danke auch." Sie warf einen Blick über seine Schulter hinweg. „Oh, Kundschaft. Sie entschuldigen mich." Damit ließ sie ihn stehen.

Etwas verdattert verließ er mit einen knappen Gruß das Geschäft, und zwar genau in dem Augenblick, als sich hinten die Bürotür öffnete.

Ängstlich warf Annike einen Blick zu Marie, aber

dieser schreckliche von Umlauf war Gott sei Dank bereits um die Ecke verschwunden.

Als sie für einen kurzen Augenblick allein im Laden waren, fragte Annike: „Marie, legst du Wert auf ein Date mit unserem umtriebigen Swimmingpool-Fan Mats von Umlauf?“

♥ 27 ♥

„Uääh! Spinnst du?“ Völlig entgeistert starrte sie ihre Kollegin an.

Annike grinste, griff unter die Theke und reichte ihr den edlen Umschlag.

Zögerlich nahm Marie ihn an, öffnete ihn, und ein weiterer entsetzter Blick traf Annike, nachdem sie gelesen hatte. Sie zeigte ihr die handgeschriebene Karte, deren erste Worte waren: *Machen Sie sich schön und begleiten Sie mich, liebe Frau Geske.* Annikes Augen weiteten sich.

Schon riss Marie die Karte in mehrere kleine Stücke. „Ich bin doch kein Escort-Service“, empörte sie sich. „Machen Sie sich schön? Pfft!“ Man sah ihr den Ärger an. „Ich *bin* schön!“

„Genau“, kicherte Annike, „naturschön. Da ist kaum Veredelung notwendig. Nur ein wenig Spachtelmasse.“

Annike duckte sich kichernd, weil Marie nach ihr schlug.

Abends erfuhr sie in einem Telefonat von Marvin, dass der Weihnachtsbaum bei Emilie stand und bereits geschmückt war.

„Ich habe die Lichterkette reingebastelt und dann war unsere alte Dame nicht mehr aufzuhalten. Sie hat mich mehrere Kartons aus der oberen Wohnung anschleppen lassen, hat aber darauf bestanden, den Baum selbst zu schmücken. Du glaubst gar nicht, wie glücklich sie dabei war. Richtig rote Bäckchen hat sie bekommen."

Marie hörte ihn leise lachen, und sie bemerkte ihren erhöhten Herzschlag. Schön!

Nach dem Telefonat stellte sie fest, dass sie sich nahezu zwei Stunden etwas zu sagen gehabt hatten. Das war mit Gernot nie passiert. Und dies hier fühlte sich gut und richtig an.

Mensch, Marie, du hast das schöne Schmetterlingsgefühl im Bauch. Sie lächelte in sich hinein. Ich bin verliebt. Gibt es das? Ich bin rettungslos verliebt!

Jede Sekunde der nur noch wenigen Zeit vor Weihnachten war ausgefüllt mit Arbeit im Geschäft, Einkaufen, Vorbereiten – und telefonieren.

Nach den hektischen Tagen freute sich Marie schon auf die abendlichen Telefonate mit Marvin. Das war wie Balsam für die Seele.

An Gernot dachte sie kaum, der brachte sich aber am Heiligabend per WhatsAPP in Erinnerung.

Bin gut angekommen. Viel Abfahrt-geeigneter Schnee hier. Schade, dass Du Dich dagegen entschieden hast.

Marie überlegte. Sollte sie überhaupt antworten? Die Höflichkeit erforderte es sicherlich, außerdem waren sie lange zusammen gewesen.

Das freut mich für Dich. Dann kannst du die Skisaison dort ja ausgiebig genießen.

Und wie sie es schon geahnt hatte, die Antwort war ein Fehler.

Toll! Wie soll ich etwas genießen, wenn ich ohne dich hier bin?

Es folgte ein Hin und Her. Er jammerte, sie versuchte ansatzweise zu trösten, bis es ihr reichte und sie ihm schrieb:

Gernot, hör auf rumzujammern. Dort gibt es genug Skihäschen, lach Dir eins an.

Sie pappte schnell ein Emoticon dahinter, um diesen Schlag ins Kontor etwas abzumildern. Es wirkte aber nicht, denn die Länge der Antwort überraschte sie. Noch nie hatte Gernot sich schriftlich derart ausgelassen. Es war eine Mischung aus Enttäuschung, Wut, Trauer und verschmähter Liebe.

Dann packte sie trotz allem das schlechte Gewissen. Emilie hatte ihr klar gesagt: *Er hat hier kräftig zu schlucken, nicht du.* Somit tat er ihr doch ein bisschen leid, und sie wünschte ihm ein schönes und entspannendes Weihnachtfest und gleich auch einen guten Rutsch, damit er ihr bloß nicht wieder schrieb oder sogar anrief.

Lass dich im Wellnessbereich durchkneten, dachte sie, von den Händen der Masseurin hatte er letztes Jahr schließlich so geschwärmt.

So, abgefrühstückt. Sie steckte das Handy in die Handtasche, ignorierte das Piepen und fuhr das letzte Mal vor Jahresende ins Geschäft. Es blieb traditionell bis Mitte Januar geschlossen, das hatte sie trotz Absage der Reise auch nicht verändert. Sie würde eben Urlaub zu Hause machen und hoffte, möglichst viel Zeit davon mit Marvin verbringen zu können.

Am heutigen Heiligabend schlossen sie um eins, danach würde sie direkt zu ihren Eltern fahren. Die Geschenke hatte sie bereits im Kofferraum. Vorfreude erfüllte sie, und mit bester Laune erschien sie im Laden.

Gestern Abend hatte sie noch ein kleines Weihnachtssäckchen mit einer bombastischen Schleife gebastelt. Es waren eine Weihnachtskarte mit der Provisionssumme, die sie bereits überwiesen hatte, und ein zartes Halskettchen, auf das Annike so scharf gewesen war, enthalten. Es kam aus Emilies Fundus. Und das Parfüm gab es noch obendrauf.

Mit Freude und einer liebevollen Umarmung überreichte sie es ihrer fleißigen Mitarbeiterin.

„Oh danke!“, quietschte Annike und löste die hübsche Schleife. „Oh heiliger Weihnachtsstern, so viel Provision? Ich bin total geflashed! Und mein Lieblingsparfüm. Super! Ach nein, die Kette! Danke, Marie! Ich habe echt gehofft, dass sie sich nicht verkauft vor Weihnachten und mit dem Gedanken gespielt, sie von meinem Weihnachtsgeld zu kaufen. Und dann war sie weg, ich war richtig traurig, dabei hast du sie ... hach!“

Glücklich drückte sie das hübsche Kettchen an ihr Herz.

„Komm, ich lege es dir um.“

Mit schnellen Schritten lief Annike zu dem großen Wandspiegel mit dem goldfarbenen Barockrahmen. „Schöööön!“ Dann kam sie zurückgerast und umarmte Marie dankbar. „Aber ich habe auch eine Kleinigkeit für dich."

Eifrig zerrte sie ein Päckchen aus ihrer Handtasche. „Mach auf!" Annike hibbelte hin und her.

Vorsichtig löste Marie die Schleife um den kleinen, aber stabilen Weihnachtskarton. Ganz langsam zog sie den Deckel hoch. Mit Freude sah sie auf einen zierlichen Glas-Flamingo. „Das ist doch ..."

„Genau!", jubelte Annike. „Den hast du neulich gesehen, als wir gemeinsam in die Pause gingen. Ich hab ihn sofort am nächsten Tag gekauft."

Marie umarmte ihre Mitarbeiterin dankbar. Wie aufmerksam sie war!

Plötzlich wurde Annike hektisch. „Schnell, weg mit dir!" Sie fasste Marie mit festem Griff an den Schultern und drehte sie Richtung Büro. „Der von Umlauf kommt auf unser Geschäft zu."

Geduckt und wieselflink war Marie in dem hinteren Raum verschwunden. Sie schloss gerade die Tür, als sie das heitere Glöckchen der Ladentür hörte. Sie war fast versucht, den Schlüssel der Bürotür umzudrehen. Dann musste sie innerlich lächeln. Als wenn der Kerl Zugang zu den hinteren Räumlichkeiten hätte! Und irgendwann stand sie ihm sowieso wieder gegenüber. Nur bitte nicht heute! Der war wirklich zäh und anhänglich wie Klebstoff. Was für ein schrecklicher Mann! Der erste Eindruck täuschte eben doch nicht. Sie nutzte die Zeit, um Marvin eine kleine Nachricht zu schreiben.

Freu mich total auf morgen Mittag.

Die Antwort kam prompt.

Ich auch. Habt einen schönen Heiligabend.

Das wünsche ich dir und deinen Eltern von Herzen ebenfalls.

Glücklich drückte sie das Handy an die Brust. Da öffnete sich die Bürotür und Annike steckte den Kopf hindurch. „Entwarnung. Er ist weg. Der wollte wohl schauen, ob ich die Wahrheit gesagt habe."

„Wie kann man nur so lästig sein!"

„Merkt dieser hormongesteuerte Dandy gar nicht. Er fühlt sich unwiderstehlich. Den hast du im nächsten Jahr unweigerlich am Hals."

„Da beginnt doch wieder das Dschungel-Camp. Vielleicht findet er da was Adäquates zum Durchknallen im Hotelpool", lästerte Marie ganz unüblich. „Hat schließlich schon einmal geklappt."

Annike kicherte wild. „Naja, fast. Aber ich muss dir was zeigen, stand heute in der Zeitung." Sie deutete auf einen Bericht über Mats von Umlauf. Er hatte einer Kinderorganisation einen namhaften Betrag gespendet. „Er mag unerträglich sein, die Geste finde ich allerdings gut. Ich denke, wenn wir schon über ihn ablästern, muss man wenigstens etwas Positives am Rande erwähnen."

Marie sah auf die Uhr. „Zwölf. Eine Stunde, dann ist für uns Weihnachten." Sie lächelte. „Weißt du was, wir räumen schon mal ein bisschen auf, ich glaube nicht, dass jetzt noch so viele hier das Last-Minute-Geschenk suchen. Und wenn in der nächsten halben Stunde keiner kommt, machen wir den Laden einfach dicht."

„Jaaa", freute sich Annike, machte eine ausladende Geste und schickte damit den kleinen Karton mit dem Glas-Flamingo in Richtung Fußboden.

♥ 28 ♥

„Aaaah!“, schrie Annike vor Entsetzen, hatte das Kästchen dann aber im Fallen geschnappt, indem sie auf die Knie fiel.

„Oh Adrenalin“, hauchte sie, am Boden kniend und sich nun dort auf den Hintern setzend, „gerettet! Ich glaube, ich war noch nie *so* schnell.“ Dann rieb sie ihre Knie. „Aua.“

Der Laden war nun bis Mitte Januar geschlossen. Weihnachtsurlaub, endlich! Und ganz anders als geplant.

Ein lang verschüttetes Glücksgefühl erfüllte sie, als sie bei ihren Eltern eintraf. Es duftete nach Stollen, Gewürzen und frisch gebrühtem Kaffee. Der Kaffeetisch war bereits liebevoll weihnachtlich eingedeckt, Kerzen flackerten. Der Christbaum leuchtete, die Kugeln schimmerten.

Ihr Elternhaus verströmte alles, was an diesem Weihnachtfest für sie wichtig war: Tradition, einen Touch ihrer Kindheit, Gemütlichkeit und Behaglichkeit, einfach zu Hause sein. Was für ein Glück Familie doch bedeutet!

Sie verbrachten einen wundervollen Heiligabend gemeinsam, und erst gegen Mitternacht fuhr Marie heim.

Glücklich kuschelte sie sich in ihre Kissen. Die

Sternschnuppe, die sie auf der Heimfahrt gesehen hatte, *musste* ihr einfach Glück bringen!

Voller Tatendrang stand sie wenige Stunden später auf, der Kaffee schmeckte ausgesprochen wunderbar, so als wäre eine Portion Weihnachtsglück mit hineingeflossen.
Erster Weihnachtstag! Erstes Überraschungs-Weihnachtsfest in privatem Rahmen mit Menschen, die sich untereinander noch nicht kannten. Verrückt, aufregend – aber auch so schön!

Es wurde Zeit, sie packte ihre Geschenke ins Auto und auf ging es, ihre Eltern abholen und weiter zu Emilie.

Marvin und seine Eltern waren bereits vor Ort, alle begrüßten sich herzlich. Man spürte die Aufregung der älteren Leutchen, auch Emilie glänzte wieder mit roten Wangen. Jeder kam mit Schüsseln und Tüten angeschleppt, die Marvin und Marie kurzerhand erst einmal in die Küche transportierten.

Minni und Lela saßen unbeweglich wie zwei Porzellanfiguren nebeneinander im Türrahmen von Finns Zimmer. So war die Fluchtlage gesichert.

Marvin steuerte auf die Miezen zu. „Na, was sitzt ihr denn so da? Wartet ihr auf den Bus?“ Er streichelte beide über die Köpfchen. Lela miaute, als wolle sie ihn begrüßen.

Emilie dirigierte ihren Besuch nach der Begrüßung und Entledigung der warmen Jacken und Mäntel ins Wohnzimmer, wo sie einen Aperitif und kleine Häppchen vorbereitet hatte.

Finn sprang aufgeregt zwischen allen herum, zeigte den Männern stolz den Mini-Blue-Tooth-Lautsprecher in Form eines Stormtrooper-Kopfes, den er bekommen hatte. Zudem hatte Bettwäsche mit Star Wars Motiven unter dem Weihnachtsbaum für ihn gelegen.

„Finn“, maßregelte ihn seine Oma liebevoll, „lass uns Erwachsenen erst einmal ein Begrüßungsschlückchen nehmen.“ Sie reichte ihm eine Cola. Da gab Finn Ruhe, denn Cola gab es für ihn nur zu besonderen Anlässen.

Sie prosteten sich zu. Marvin begrüßte alle, freute sich mit netten Worten noch einmal über die Idee dieser spontanen gemeinsamen Weihnachtsfeier, und danach kam ein Gespräch im Gange, als würde man sich schon Jahre kennen.

Marie raunte Marvin zu: „Da bin ich aber froh, dass es so glatt läuft.“

„Das war mir klar. Ich hatte da keinerlei Bedenken.“

Das war wieder typisch Mann! Da waren sie irgendwie alle gleich. Sie kam um vor Aufregung, ob auch alles klappte, während das männliche Geschlecht keinen Gedanken an die Furcht vor einem Fiasko verschwendete.

Die Männer blieben im Wohnzimmer, während sich die Frauen gemeinsam in die Küche begaben. Kurz danach war der Tisch mit vielen unterschiedlichen Leckereien reich gedeckt und alle sprachen dem Essen mit Appetit zu.

Die Lichter des Weihnachtsbaumes beleuchteten die goldenen Kugeln – und Emilie hatte sogar ganz althergebracht mit Lametta geschmückt.

Marie dachte einen Augenblick an das Schweizer Hotel, die elegante, aber auch etwas steife Atmosphäre während des Weihnachtsmenüs. Und dann überkam sie eine Welle des Glücks, als sie alle hier um den Tisch sitzen sah, lächelnd, essend, erzählend. Was für eine schöne Runde! Das war ein warmes, gemütliches Weihnachtsfest! Für nichts in der Welt hätte sie jetzt tauschen wollen.

Maries Mutter hatte im Eifer des Gefechtes ein Geschenk für Finn angekündigt, und der hibbelte zum Schluss des Essens ganz aufgeregt auf dem Stuhl hin und her. So erlöste man ihn. Marvins Eltern hatten sich, obwohl untereinander noch unbekannt, mit Maries zusammengetan und für Finn ein Raumschiff-Bausatz erstanden, was natürlich Marie auf den letzten Drücker ergattert hatte.

„Dafür brauchst du keine Batterien, Finn“, wollte Marie erklären, „es ist ...“

„Hab schon gesehen“, fiel ihr der Junge ins Wort, „ist solarbetrieben.“ Er war hin und weg. „Damit kann ich jetzt ferne Galaxien erkunden!“

Von Marvin erhielt er ein Leucht-Shirt. „Das ist ein interaktives Shirt, Finn. Da kannst du mit dem Schlüsselanhänger, der dabei ist, oder mit dem Handy Nachrichten drauf schreiben, das leuchtet dann einige Zeit im Dunkeln.“

„Wow! Cool!“ Das musste er natürlich sofort ausprobieren und kurz danach rief er alle in sein verdunkeltes Zimmer.

„Wie sich die Weihnachtsgeschenke für Kinder doch verändert haben! Interessant!“ Marvins Vater war beeindruckt.

Maries Geschenk, die nicht leuchtende schwarze Darth Vader Spardose, ging dabei fast unter.

Am Nachmittag trank man Kaffee und genoss selbst gebackene Plätzchen und Weihnachtsstollen. Maries Mutter nahm glücklich Komplimente für ihre weihnachtliche Zimtpflaumen-Sahnetorte entgegen.

Gegen fünf mahnte Marvin zum Aufbruch, er musste zum Dienst.

„Das ist eben so", hatte er Marie an dem Abend der Weihnachtsfeier-Idee erklärt, „die Singles und kinderlosen Kollegen übernehmen die Schichten an Weihnachten für die Familienväter. Und meist Silvester auch. Ist völlig okay für mich."

Womit er nicht gerechnet hatte, war der Widerstand der älteren Generation. Man habe sich noch so viel zu erzählen! Jetzt schon aufbrechen? Das muss doch nicht sein!

„Es ist gerade so gemütlich", setzte Emilie hinzu, hob ihr Glas und prostete in die Runde.

„Junge, nun verbreite doch nicht so eine Hektik! Wir nehmen uns später ein Taxi." Marvins Vater schlug ihm generös auf die Schulter. „Das kriegen wir hin. Wir sind ja nicht senil."

„Wir würden auch gerne noch bleiben, nicht wahr, Jochen?" Maries Mutter sah ihren Ehemann an. Der nickte zustimmend.

Somit war es beschlossene Sache.

Marie brachte Marvin an die Tür. „Hättest du das gedacht", raunte sie ihm zu, „dass unsere Eltern so drauf sein können und nicht nach Hause wollen?"

„Lass sie einfach. Es ist Weihnachten." Er grinste.

Marie betrachtete den Himmel, der komplett aus leise rieselnden Schneeflocken bestand. „Oha! Wieder massiver Schneefall! Was ist denn dieses Jahr nur los?"

„Alles ist anders." Marvin zog sie an sich und küsste sie zart. „Schnee und du, das ist wirklich eine wundervolle Kombination. Ich ruf dich morgen früh an, okay?"

Sie nickte und schmiegte sich noch einmal ganz fest an ihn.

Zurück im Wohnzimmer besah sie sich die muntere Schar. Gott sei Dank, dass ihre Idee bestens angekommen war, es hätte auch genauso gut ein Schuss in den Ofen sein können.

Sie setzte sich wieder, hörte jedoch nur zu, was sich beide Elternpaare und Emilie zu erzählen hatten. Natürlich schwelgten sie in der Vergangenheit.

Zurzeit ging es um Emilies Haus. Sie erzählte ihnen die Geschichte ihrer Familie und kam dann auch zu dem traurigsten Kapitel, dem Tod ihrer Tochter. Die Betroffenheit war groß, es wurde etwas stiller.

„Kinder sollten niemals vor den Eltern gehen." Maries Mutter schluckte.

Finn ergänzte: „Aber meine Mama ist im Himmel. Und sie guckt von dort runter. Sie kann alles sehen, was ich mache. Nur doof, dass sie nicht mehr reden und kuscheln kann mit mir." Dann stand er auf. „Kann ich in mein Zimmer gehen, Oma? Ich will das Raumschiff zusammenbauen."

„Geh nur."

Emilie machte das Angebot, ihr Haus komplett zu zeigen. Schon zogen sie ein Stockwerk höher. Nun sah Marie die Wohnung von Sandra zum zweiten Mal. Sie hatte einen wirklich schönen Schnitt. Der Balkon musste im Sommer ein Highlight sein. Nachdenklich sah sie aus den großen, alten Fenstern in den dunklen, schneebedeckten Garten. Bei der ersten Besichtigung hatte sie keinen Blick für das Außengelände übrig gehabt.

Viel konnte sie nicht erkennen, aber die Äste der Bäume trugen schwer an der Schneelast, den alten

Holzzaun verzierten Türmchen aus Schnee. Alles wirkte sehr bizarr.

„Was sind das denn für Bäume, Emilie?“, fragte sie, während sie die Hand wie ein Schild vor die Stirn legte, als ob sie so besser sehen könne.

„Alles Obstbäume. Damals wurde noch ein Großteil der Lebensmittel selbst produziert. Wir hatten sogar einen kleinen Nutzgarten.“ Sie überlegte einen Augenblick. „Vielleicht sollte ich außer ein paar Kräutern wieder ein Salatbeet anlegen.“

„Oder Zucchini! Ich liebe Zucchini!“ Marie lächelte sie an. „Ich kann dir dabei helfen.“

Emilie strahlte. „Ich nehme dich beim Wort.“

Die Besichtigung endete mit dem Bad. „Dafür schäme ich mich, aber ich werde es sanieren lassen. Und dann wird die Wohnung vermietet. Es ist nur so schwer, fremde Menschen im Haus zu haben.“

Nun fiel es Marie wie Schuppen von den Augen. Sie will gar nicht vermieten! Deshalb hatte sie nach dem Tod ihrer Tochter gezögert. Dieses alte Haus hier war ihr persönliches Leben. Nie hatte sie woanders gewohnt, es ausschließlich mit ihrer Familie geteilt.

Zurück im Wohnzimmer, meinte Maries Mutter besorgt: Sollen wir nicht mal eben den Wetterbericht hören? Es schneit wieder und wir müssen alle noch nach Haus.“

Emilie warf einen Blick auf die Uhr. „Gute Idee! Das passt, unsere Lokalnachrichten sind jetzt dran.“

Sie schaltete das kleine Radio an. Und plötzlich wurde es mucksmäuschenstill, als sie eine verstörende Neuigkeit hörten.

♥ 29 ♥

Eine normale Verkehrskontrolle geriet am heutigen Weihnachtsabend außer Kontrolle und endete mit einem Schwerverletzten. Der Fahrer schoss direkt ohne Vorwarnung auf den Beamten, der an sein Auto trat, so berichtete der Kollege. Der sofort herbeigerufene Notarzt versorgte den angeschossenen Polizisten, der sich nun im Krankenhaus befindet. Weitere Neuigkeiten folgen in Kürze.

Die letzten Worte dieser Nachricht waren noch nicht ganz verklungen, als das Handy von Marvins Vater schellte.

Irritiert sah er auf das Display, nahm das Gespräch an. Er erblasste sichtlich.

„Wir kommen!“ Dann ließ er das Gerät sinken. „Es ist Marvin, auf den man geschossen hat.“

Nach den ersten Schrecksekunden begann Marvins Mutter direkt zu weinen. Marie nahm sie in den Arm, ihr selbst war, als griffe eine eiskalte Hand nach ihr.

Sein Vater war pragmatischer. „Wir müssen sofort ins Krankenhaus. Ich bestelle ein Taxi.“

„Das kommt ja gar nicht in Frage“, protestierte Marie. „Ich fahre selbstverständlich. Somit sind wir auch schneller dort.“

Während sich die drei hastig anzogen, standen

Maries Eltern und Emilie geschockt und ratlos mit im Flur.

In aller Eile küsste Marie ihre Eltern, umarmte Emilie. „Ich melde mich, sobald ich etwas weiß."

Schon waren sie auf dem Weg. Marie schaltete das Radio bewusst nicht ein. Sie war angespannt bis zum Bersten. Bloß jetzt keine Hiobsbotschaften während der Fahrt!

Das Krankenhaus war schnell erreicht, ein Parkplatz sogar nahe des Eingangs verfügbar – wer wollte auch schon Weihnachten in die Klinik? Trotzdem musste sie zweimal in die Parklücke zirkeln – die Aufregung hatte sie fest im Griff.

An der Information wusste man bereits Bescheid und beschrieb ihnen den Weg zur Unfallchirurgie.

Erneut konnte Marvins Mutter die Tränen nicht zurückhalten. Ihr Mann nahm sie liebevoll um die Schulter. Völlig angespannt suchten sie schnellen Schrittes ihren Weg in die genannte Abteilung. Die wenigen Gänge bis dorthin waren menschenleer und gespenstig ruhig. Ihre Schritte hallten laut wider.

Marie bemühte sich um Beherrschung. Am liebsten hätte auch sie losgeheult. Schwer verletzt – immer wieder hörte sie diese Worte. Wo hatte das Arschloch Marvin getroffen? In Brust oder Beine, den Kopf? Hatte er viel Blut verloren? Wurde er operiert – und überhaupt, was hatten die Medien *nicht* berichtet? Horrorszenarien spielten sich in ihrer Vorstellung ab.

Sie erreichten die Unfallchirurgie. Dort wartete man bereits auf sie und sie wurden gebeten, im Warteraum einen Augenblick Platz zu nehmen.

„Ich kann mich doch jetzt nicht setzen!", protestierte Marvins Mutter. „Was ist mit meinem Sohn?“

„Machen Sie sich keine Sorgen. Er wird gerade behandelt. Sie können in Kürze zu ihm.“

Sie warteten nur wenige Minuten, die erschienen ihnen jedoch wie eine Ewigkeit. Marvins Vater saß, die Hände wie zum Gebet gefaltet, ganz ruhig und kerzengerade auf dem Stuhl. Seine Frau hingegen kratzte ständig mit der linken die rechte Hand, dann wieder das Gesicht, ihre Augen irrten unruhig hin und her.

Marie hielt es nicht auf einem Stuhl. Langsam durchquerte sie in einer Art Endlosschleife den Warteraum. So unterdrückte sie am besten das leichte Zittern, das sie überfallen hatte und nicht mehr aufhören wollte.

Dann wurden sie erlöst. Ein junger Arzt erschien und bat sie, mitzukommen. Marvins Eltern sprangen zeitgleich auf.

Marie spürte ihren wilden, trommelnden Herzschlag bis in den Hals, und der wurde zu einem Wummern im Kopf, als sie den Behandlungsraum betraten.

Aber Erleichterung brach sich Bahn, denn sie sahen Marvin auf einer Behandlungsliege sitzen. Sein linker Arm wurde gerade verbunden. Er war sichtlich mitgenommen, doch als er seine Eltern samt Marie entdeckte, lächelte er. „Nicht so schlimm, wie es aussieht.“

„Sag mal lieber, mein Sohn, nicht so schlimm, wie es sich in den Nachrichten anhörte. Deine Mutter ist fast zusammengebrochen vor Angst.“

Seine Verletzung stellte sich als Streifschuss heraus. Allerdings zog sich die Wunde grabenförmig am

Oberarm entlang, sodass sie mit mehreren Stichen genäht werden musste.

Aber Marvin scherzte schon wieder. „Das ging schon ziemlich tief, hat mir der Arzt erklärt. Eine ganze Menge meines Unterhautfettgewebes ist dort irgendwo auf der Straße versprengt. Somit wiege ich morgen etwas weniger und kann ordentlich bei den Weihnachtsplätzchen zulangen."

Der Arzt gab ihm noch eine Packung Schmerzmittel mit sowie auch einen neuen Verband. „Falls es durchblutet. Und Schmerzen werden sie reichlich haben. Morgen sehen wir uns wieder."

Da Marvins Jacke und Hemd voller Blutflecke waren, konnte er sie nicht mehr überziehen. Sein Vater zog den Mantel aus und legte ihn seinem Sohn um die Schultern.

„Wartet hier, ich hole den Wagen direkt vor die Tür." Schon sprintete Marie los und kurz danach saßen alle erleichtert in ihrem Auto. „Was meint ihr, fahren wir noch kurz zu Emilie, sie warten dort auf Nachricht."

„Sicher machen wir das, aber dann nichts wie nach Haus. Ich bin doch ein bisschen wackelig auf den Beinen, ich habe vorhin nämlich einen Medikamentencocktail bekommen."

Ihr Erscheinen samt Marvin löste nun die Anspannung der Wartenden. Sie ließen sich noch einmal das Drama schildern, Marvin bekam auf Wunsch einen Kakao mit reichlich Sahne von Emilie.

„Boah, ey!", Finn saß ganz nah neben Marvin. „Du bist ja wie ein echter US-Cop. Die werden auch immer angeschossen."

„Hauptsache, ich wurde nicht erschossen."

„Tut das denn jetzt weh?“ Finn ließ sich den Verband zeigen, der bereits leichte Blutspuren zeigte. Als Marvin das sah, wollte er nach Hause.

Die Eltern duldeten keinen Widerspruch, als sie für sich Taxis bestellten, obwohl Marie anbot, für beide den Fahrdienst zu machen.

So fuhr Marie ihren Marvin nach Hause. Er lehnte mit geschlossenen Augen im Sitz. Die ganze Sache hatte ihn mehr mitgenommen als gedacht, das spürte Marie deutlich.

Sie schickte ein stilles Dankesgebet in den Himmel. Dieser Weihnachtstag hätte einen traurigen Ausgang haben können, aber sie hatten heute alle ein kleines Weihnachtswunder erleben dürfen.

Vor seiner Wohnung angekommen, ließ sie unschlüssig den Motor laufen. Sollte sie ihm anbieten, ihn zu begleiten oder wirkte das wie ein Pflegedienst? Da kam ihr die geniale Idee.

„Möchtest du, dass ich deinen Arm noch einmal verbinde? Es blutet doch ein bisschen durch.“

„Wäre klasse, wenn du das machen würdest, sofern du Blut und eine frisch genähte Wunde sehen kannst.“

„In Wirklichkeit bin ich Vampir. Ich freu mich schon drauf.“ Sie zeigte ihre Zähne und klapperte damit.

„Ich wollte schon immer mal mit einem weiblichen Vampir ... alleine sein.“

Trotz der aufgesetzten Fröhlichkeit sah man ihm die Schmerzen an, die er beim Aussteigen hatte.

Nun sah sie zum ersten Mal seine Wohnung. Sie war nur halb so groß wie ihre, aber gemütlich eingerichtet, wenn sie auch nach ihrem Geschmack etwas mehr Deko hätte vertragen können.

Marvin machte überall Licht. „Was kann ich dir denn anbieten?“

„Ich bitte dich, Marvin, erst einmal versorgen wir deinen Arm.“ Es zeigte sich, dass der Verband nunmehr ganz durchgeblutet war.

Marie erschrak, als sie die Wunde sah. Sie war mit zehn Stichen genäht worden und sah fürchterlich schmerzhaft aus. Tapfer bandagierte sie die Verletzung jedoch neu.

Marvin strich ihr mit der gesunden Hand liebevoll über das Gesicht.

„Ich glaube, ich habe auf einmal tierisch Angst“, scherzte er und fügte dann leise hinzu: „Bleib bitte bei mir heute Nacht, Marie.“

♥ 30 ♥

Später im Bett schmiegte sich Marie vorsichtig an Marvin. „Geht es so, oder tut dir das weh?“

„Nein, es ist schön, dich zu spüren.“

Vorher hatten sie noch ganz offen gesprochen, sich ihre Wünsche an die Zukunft erzählt.

Das schreckliche Geschehen hatte alles beschleunigt.

„Weißt du, ich will da ganz offen sein zu dir, Marie. Was sollen wir uns denn langsam aneinander rantasten? Ich bin total in dich verliebt – und beinahe hätte ich es dir nicht mehr sagen können. Und warum? Wegen Konventionen. Macht man nicht, wenn ein Partner erst frisch getrennt ist. Alles Quatsch. Das Leben ist so, es bietet jeden Tag eine neue Überraschung, lässt Gefühle sterben und auf anderen Seiten neu entstehen.“

Marie nickte. „Das stimmt wohl.“

„Auf was warten wir? Lass es uns zusammen versuchen, es sei denn, du bist dir deiner Gefühle für mich nicht sicher.“

„Ich bin mir ganz sicher.“

Zeitig am anderen Morgen, es war noch dunkel, kochte Marie Kaffee. Die kleine überschaubare Küche hatte keine Geheimnisse, die Kaffeedose stand auf der Ablage, die Tassen daneben.

Die Nacht war nicht wirklich erholsam gewesen, zweimal hatte Marvin noch Schmerzmittel nehmen müssen. Er wusste gar nicht, wie er liegen sollte, in jeder Position schmerzte der Arm.

„Ich bin wie gerädert“, gestand er, als sie mit den Kaffeepötten ins Schlafzimmer zurückkam, „aber jetzt geht es mir besser, weil du hier bist. Mein Morgenmantel steht dir übrigens gut.“

Marie grinste verlegen. Sie hatte sich gestern mangels Übernachtungspaket nackt zu ihm ins Bett gelegt. Heute früh wollte sie den Kaffee aber nicht ohne alles zubereiten, dafür fühlte sie sich noch zu gehemmt, so hatte sie im Badezimmer zu seinem Morgenmantel gegriffen.

Am späten Vormittag fuhren sie zur weiteren Versorgung der Verletzung in die Klinik. Es war ein schöner Wintertag, die Schneedecken glitzerten in der kalten Wintersonne. Sie mussten eine Weile warten, aber der Arzt war mit der Wunde zufrieden. Über Nacht hatte es außerdem nur noch wenig nachgeblutet.

Die nächsten vierzehn Tage wurde Marvin erst einmal krankgeschrieben.

Sie beschlossen, die Zeit in ihrer größeren Wohnung zu verbringen. „Da kann ich auch besser für uns kochen“, hatte Marie gemeint. Sie fuhren nochmals zu Marvin, packten einiges zusammen, telefonierten dann zur Beruhigung mit seinen und ihren Eltern sowie mit Emilie – und danach gab es nur noch Zeit zu zweit.

Marie hatte ihre Wohnung wenig festlich geschmückt, da die Planungen anders gewesen waren.

Aber sie schaffte im Nu weihnachtliche Gemütlichkeit, indem sie viele Kerzen anzündete und auf Wunsch von Marvin nochmals Bratäpfel in den Ofen schob, deren Duft sich verheißungsvoll in der Wohnung verbreitete.

„Himmlisch. Hier bleibe ich.“ Marvin zog sie zu sich heran. „Geht jetzt nur halbseitig, aber da lege ich meine ganze Kraft hinein.“ Er küsste sie.

Marie bekam sofort Lust auf mehr, allein die Vernunft hielt sie zurück. Jedenfalls bis nach dem Bratapfel. Dann rutschte Marvin nämlich auf der Couch nah an sie heran und startete den allerersten Kampfschmuseversuch, dem Marie so lange nachgab, bis er irgendwann schmerzhaft zusammenzuckte.

„Siehste, sei vernünftig, du musst deinen Arm schonen!“, versuchte sie es mit Umsicht, obwohl alles in ihr kribbelte.

„Nee, das Leben kann kurz sein. Hab ich gestern erfahren.“ Er knabberte weiter an ihrem Ohr und schickte so heiße Wellen durch Maries Körper. Seine Hand glitt unter ihr Shirt. Marie schob ihn weg.

„Hör auf! Du musst vernünftig sein, nachher reißt was an der Narbe.“

„Höchstens mein Gefühls-Geduldsfaden. Ach Marie, ich will dich!“ Er drückte sie zurück in die Couch und küsste ihren Hals, sich langsam abwärts arbeitend. „Du hast zu viel an.“

Ein letzter Versuch der Vernunft von Marie gelang nur halbherzig, man konnte es ihren Worten entnehmen, die lange nicht mehr so bestimmend waren. „Du solltest deinen Arm schonen.“

„Den brauche ich nicht, um mit dir zu schlafen. Dafür benötige ich etwas anderes, und das funktioniert präzise.“

„Gut, du willst es nicht anders.“ Marie stand auf und führte ihn an der Hand in ihr Schlafzimmer.

Ganz problemlos lief es dann doch nicht, irgendwie war der geschädigte Arm immer im Weg. Aber sie lachten und scherzten über sein Handicap und schliefen später erfüllt und glücklich nebeneinander ein.

Am anderen Morgen kommentierte Marvin diese Situation so: „Never give up! Wo ein Wille ist ... sollen wir noch mal?“

Sieben Monate später hatte sich das Leben von Marie komplett gewandelt. Sie hieß nun Littmann. Im Wonnemonat Mai hatten sich Marvin und Marie das Ja-Wort gegeben. Es war eine rauschende Hochzeit, die im großen Garten von Emilies Haus gefeiert worden war.

Dort wohnten sie nun auch.

Irgendwann Anfang des neuen Jahres hatte Emilie Marie den Vorschlag gemacht, doch in diese Wohnung zu ziehen, nachdem sich Marie wieder einmal über ihren Vermieter geärgert hatte.

„Ich könnte mir keine bessere Mieterin wünschen“, waren ihre Worte gewesen. Marie war sehr gerührt, denn sie kannte die Einstellung der Seniorin – lieber auf etwas verzichten als fremde Leute im Haus!

Marvin hatte sich diese Chance nicht entgehen lassen und war gleich mit eingezogen. Das Bad war übrigens ganz nach ihren Vorstellungen gestaltet worden.

Gernot hatte vor der Hochzeit noch zweimal den verzweifelten Versuch unternommen, Marie zurückzugewinnen, musste letztendlich aber erkennen, dass er sie verloren hatte. Seitdem hatten sie sich nicht mehr gesehen. Marie vermied auch konsequent die Restaurants, die sie früher gemeinsam besucht hatten.

Marie hielt Wort und legte mit Emilie ein Gemüsebeet an. Marvin hatte die grobe Buddelarbeit erledigt, die Damen kümmerten sich um die zarten Pflänzchen. Marie machte die ungewohnte Gartenarbeit viel Spaß und sie profitierte von Emilies Erfahrungen.

Minni und Lela waren richtig gewachsen, tobten aber immer noch wie Katzenkinder herum und spurteten das eine oder andere Mal durch die frischen Anpflanzungen. Aber man konnte ihnen einfach nicht lange böse sein.

Marvin fuhr sehr gerne Fahrrad, jedoch versuchte er vergeblich, Marie zu überreden, Touren mit ihm zu unternehmen. Sie saß lieber im Garten.

„Meinst du, die Zucchini wächst schneller, wenn du ihr zuguckst und versuchst, sie zu hypnotisieren?“, hatte Marvin mit einem Anflug von Enttäuschung gefragt. Aber die war auch nur von kurzer Dauer, denn Finn hatte ihn einmal mit seinem Kinderrad begleitet. Das hatte den beiden so viel Spaß gemacht, dass Marvin ihm ein modernes Rad samt ultraschicken Helm kaufte. Jetzt unternahmen die zwei viele Touren gemeinsam.

So vergingen die Monate, die Weihnachtszeit nahte wieder. Fast mit kindlicher Erwartung schaute Marie täglich in den kalten Winterhimmel. Wo blieb der Schnee?

Im letzten Jahr genau an diesem Tag war Emilie im ersten Schneechaos ausgerutscht und hatte damit

Maries Leben eine völlig andere Richtung gegeben. Und sie hatte Marvin kennengelernt, den Kerl mit den schönsten dunkelblauen Augen ever! Dieser wunderbare Mann gehörte nun zu ihr. Glücklich schaute sie auf ihren goldenen Ehering, der ihr Glück symbolisierte.

Marvin kam zu ihr ans Fenster und umarmte sie liebevoll. „Was denkst du, mein Herz?“

„Kein Schnee da“, sagte sie traurig.

Er hob ihr Kinn an. „Aber du bist da – und meine Wintergefühle für dich.“ Er küsste sie zärtlich.

Dann lachte er leise auf, fasste Marie an den Schultern und drehte sie herum. Marie sah hinaus. Die ersten Schneeflocken schwebten langsam vom Himmel.

♥♥♥

Es gibt übrigens noch eine andere kleine moderne Weihnachts-Romanze von uns:

21966520R00116

Printed in Poland
by Amazon Fulfillment
Poland Sp. z o.o., Wrocław